U0655220

青少年成长智慧丛书

创新

CHUANGXIN

主编◎曾高潮　　绘画◎万方绘画工作室

天地出版社

图书在版编目（CIP）数据

创新／曾高潮主编． —成都：天地出版社，2012.1（2014.5重印）

ISBN 978-7-5455-0546-7
（青少年成长智慧丛书）
Ⅰ．①创… Ⅱ．①曾… Ⅲ．①儿童故事—作品集—世界 Ⅳ．①I18

中国版本图书馆CIP数据核字（2011）第218388号

创 新
CHUANGXIN
主编 曾高潮

天 地 无 极 世 界 有 我

出 品 人 罗文琦

策 划 吴 鸿
责任编辑 费明权
封面设计 墨创文化
制 作 最近文化
责任印制 田东洋

出版发行 天地出版社
（成都市三洞桥路12号 邮政编码：610031）
网 址 http://www.tiandiph.com
http://www.天地出版社.com
电子邮箱 tiandicbs@vip.163.com

印 刷 四川五洲彩印有限责任公司
版 次 2012年1月第一版
印 次 2014年5月第五次印刷
成品尺寸 165mm×238mm 1/16
印 张 8
字 数 100千
定 价 22.00元
书 号 ISBN 978-7-5455-0546-7

CHUANG XIN

前言

　　"新松恨不高千尺"。古往今来，人们对"成长"总是充满激情，满怀期待。所谓"十年树木，百年树人"，人才的培养和造就，关乎民族与国家的未来，实乃一项需要学校、家庭和全社会通力合作的伟大系统工程。

　　进入21世纪，在全国范围内全面实施素质教育，是党和政府对我国教育事业发展高度重视、倾力投入所采取的重大战略举措，体现了当今教育改革与现代社会发展协调适应的必然大趋势。

　　与应试教育围绕考试指挥棒转，"师授生受"，囿于知识灌输迥异，素质教育以人为本，尊重个性，面向全体，将全面提高人的基本素质作为教育的终极目的。其崭新教育理念、多元学习实践手段和评价检验方式，如尊重人的主体精神、重视潜能开发、强调文化的传承与创新、

注重环境熏陶、着眼于"润物细无声"的人文思想化育与品德养成等，无疑为新时代少年儿童的健康成长，拓展出一片前所未有的、无比广阔的自由驰骋新天地。

据此，我们特地推出《青少年成长智慧丛书》。

丛书用十个关键词(诚信、自信、创新、道德、协作、细节、独立、责任、节俭、执著)分别概括当代少年儿童应该具备的十种素质，一词一书。每本书精选五十多篇小故事，每个故事后设计有"换位思考"与"成长感悟"小栏目，用以充分调动孩子们思考问题的积极性，给孩子们以无限启迪。书中故事娓娓道来，插图生动有趣，可让孩子们在快乐的阅读中收获知识。

愿我们精心选编的故事如和煦春风、淅沥春雨，催生出已然萌动于孩子们心中的美丽新芽……

第三辑：心灯不灭

　　小猴子踏浪、小毛驴开荒、"囚禁"于玻璃瓶的苍蝇和蜜蜂、以"木桩为牢"的老牛、老鼠家族"聪明"的战术……虽然大多都发生在动物王国，但也折射出了一些人的本性。众所周知，我们正处在一个日新月异的时代，科技竞争日趋激烈。在这个时代，我们的素质，尤其是我们的创造力是关键的制胜因素。那个"带信上天堂"的人的举措真的很荒诞吗？我们一起来看看就知道了。

GO

依侔踏海

　　在一个小岛上,有一位常年驻守的动物学家,他专门从事对猴子的研究工作。一天,一只活泼伶俐的小猴子出生了,动物学家给它取名叫"依侔"。

　　在一个清晨,出生不久的依侔独自向海边走去。那一刻,岛上的猴子们全都安静了,整个小岛也似乎安静了,动物学家也屏住了呼吸,大

家好像都在等待着什么，所有猴子的眼睛和动物学家的眼睛都随着依佯向海边移动……

为什么会这样呢？原来，在依佯出生前，岛上的猴子们没有一个到过海边，没有一个碰过海水。至于是什么原因，动物学家也百思不得其解，自他见到岛上第一只猴子起，他就从未见过有哪只猴子敢靠近海水。他也曾试着用各种方法让猴子们去接近大海，但都未成功。或许是第一只猴子就不曾到过海边的原因，后来在这个岛上出生的猴子就没有一只敢靠近大海。

不一会儿，依佯走到了海边，它先用一只脚沾了沾清凉的海水，然后又用另一只脚也沾了沾，随后就跳进海里，用两只胳膊拍打起海水来，看上去很欢快的样子。它在海水中跑着、跳着，还招呼其他的猴子跟他一起来玩海水，可是，其他的猴子没有一只敢过来，只有依佯仍旧在海边玩着……

这一天就这样过去了，但这一天对那位动物学家来说可是非同寻常的一天：第一次，一只猴子，自己下水了。

从此，这只勇于打破常规的小猴，获得了在海边尽情欢乐的"特权"。

换位思考：

聪明活泼的小依佯打破陈规，成为第一个享受到清凉海水、感受浩瀚大海的猴子，它多么快乐呀！那些不敢下海的猴子们，难道不应感到悲哀吗？

成长感悟：

生活中，也不乏与"不敢下海的猴子"相似的人，如果你永远墨守陈规，不勇敢去尝试，那么你将错过许多拥抱成功的机会。

快乐的"小海星"们

不久，小岛上又出生了一只小猴子。

那是一个温暖的早晨，整个小岛又一次宁静了。所有的猴子，以及那位动物学家都看到：依侔竟然拉着那只小猴子的手，向海边走去。一会儿工夫，它们就到了海边。随后，大家看到它俩在海水中玩得是那样开心、欢畅。它们向岛上的其他猴子招手，让它们也到海水中一起玩耍！

但是，最终没有一只猴子下水，仍然只有它俩在快乐地玩着。动物学家在海边观察它们，竟然兴奋得一整夜没睡觉，他要为那只小猴起个名字。

第二天清晨，动物学家为那只刚出生的小猴子想出了一个很好听的名字"海星"。他决

定，以后岛上出生的小猴，只要能去海里玩耍的，都叫它们"海星"。

不久，岛上又出生了一只小猴，同样是依侔带着它到海边，接触海水，在海水中高兴地跳着，拍打着海浪……

就这样，每出生一只小猴，依侔都会带它去海边玩耍。现在已有了99只"小海星"。

直到有一天，岛上又出生了一只小猴，它是依侔在这个岛上出生以后的第一百只猴子了，但动物学家和岛上其他的猴子却发觉，这次依侔并没有来牵它的手去海边。

我们的依侔去了哪里呢？它为什么不去牵那只小猴子的手了呢？

后来，动物学家和岛上所有的猴子看到：那只小猴子竟然像当初依侔那样独自走向海边！小岛又一次宁静了。当大家的目光跟着小猴子移到海边时，整个小岛欢呼了——原来依侔早已在海边等它了。

岛上终于有了第一百只"小海星"！

换位思考：

小依侔多么值得我们敬佩呀，它在体会到逐浪的乐趣后，也不忘让大家一起品尝快乐的滋味。如果没有小依侔，恐怕小岛上的"小海星"们至今都只能可怜巴巴地待在树上呢。

成长感悟：

实践是创新的源头，只有勇于实践的人，才会有所发现，只有不断创新，才会有更多惊喜等待你！

毛驴开荒

老虎大王要毛驴负责开垦一块五百亩的荒洼地。

毛驴接到命令后马上行动起来，它领着众毛驴们起早贪黑，干得非常起劲。过了几天，老虎大王前来视察，对毛驴说："怎么这么长时间了，还没开垦出来？要抓紧时间，争取下个月完成。"

毛驴一听傻了眼，自己没日没夜地干，还落个不是，下个月完成，这怎么可能呢？

毛驴整天愁眉不展，茶饭不思，又加上日夜操劳，瘦了一大圈。一天，一只狐狸悄悄地跑来对毛驴说："毛驴兄，你干活也要讲究点策略嘛。你没见大王每次来都在公路上转一圈便走吗？什么时候到地里去看过一次？你若听我

的，先把路边的地开垦好就行，至于里边的，你再慢慢来嘛！"

"唉，也只好如此了！"毛驴无奈，便听从了狐狸的意见，只把路边的地开垦了出来，并种上了庄稼。

一个月后，老虎大王又来视察，它看见地已开垦出来，庄稼也已长出了小苗苗，很高兴，当即表示奖励毛驴10万元钱。

毛驴用这些钱租了几十台开垦机械，把余下的荒洼地也开垦了出来。

第二年，毛驴因"政绩突出"被调到了老虎的王宫。

换位思考：

毛驴很勤奋，在岗位上起早贪黑地干，却没能得到老虎大王的赞赏。狐狸给毛驴出的主意，咋一听，似乎很有道理，但实质上是一种投机取巧的行为，不值得借鉴。你会采纳狐狸的主意吗？

成长感悟：

创新需要靠我们发挥创造性思维，如果没有创造力，我们的文明就无法延续下去。

木桩上的大水牛

一次，我到乡下踏青，看到一位扛着锄头下地干活的老农，他牵着一头大水牛。老农一到田间就把这头大水牛拴在一个小小的木桩上，自顾自扛着锄头锄地去了。

看着那小小的木桩，我怕牛儿跑了，就走上前对老农说："大伯，你这小木桩实在不怎么牢固，你不怕牛跑掉吗？"

老农呵呵一笑，语气十分肯定地说："它不会跑的，从来都是这样的。"我有些迷惑，忍不住又问："为什么不会呢？这么一根小小的木桩，牛只要稍稍用点力，不就被拔出来了吗？"

这时，老农告诉我："当这头牛还是小牛的时候，就被拴在这个木桩上了。刚开始，它还撒野，使劲挣扎，想从木桩上挣脱。但那时，它的力气小，折腾了一阵子还是在原地打转，见没法了，它就泄气了，知道自己是挣不掉的。"

老农笑了笑，接着说："后来，它长大了，却一直认为自己挣不脱这个木桩，就再也不折腾了。有一次，我拿着草料来喂它，故意把草料放在它脖子

伸不到的地方，它却只
是叫了两声，站在原地呆呆
地望着草料，没想过试着往前走
一步。其实现在只要它稍微一用力，木桩
就会被拔起来的。呵呵，你说，它还会跑吗？"

　　我顿悟，原来，约束这头牛的并不是那个小小的木桩!

换位思考：

　　在生活中，你有没有犯过与水牛相同的错误呢？想想看，这个世界，除了自己，还有谁能让你拥有自由？

成长感悟：

　　有的人总是用一种定势思维去经营自己的人生，结果，却怎么也走不出自己设置的"牢狱"，终身与成功无缘。

发现财富的眼光

　　小菲勒出生在一个贫民窟里,他和很多出生在贫民窟的孩子一样争强好胜,也喜欢逃学。

　　但与众不同的是,菲勒从小就眼光独到。他把一辆从街上捡来的玩具车修好,让同学们玩,然后向每人收取0.5美分。在一个星期之内他竟然赚回一辆崭新的玩具车。

　　菲勒的老师对他说:"如果你出生在富人的家庭,你一定会成为一个出色的商人。但是,这对你来说是不可能的,你能够成为街头商贩就不错了。"

　　菲勒中学毕业后,正如他老师所说的那样,他真的成了一名小商贩。他卖过电池、小五金、柠檬水,每一样都经营得得心应手。与贫民窟的同龄人相比,他已经算是出人头地了。

　　他的老师的预言失灵了,菲勒靠一批丝绸起家,从小商贩一跃成为商人。

　　那批丝绸来自日本,数量足有1吨之多,因为运输丝

绸的轮船在海上遭遇风暴，丝绸不幸被染料浸染了。如何处理这些被浸染的丝绸，成了日本人非常头疼的事情。他们想卖掉，却无人问津；想运出港口扔了，又怕被环保部门处罚。于是，日本人打算在回程的路上把丝绸抛到大海里。

港口有一个酒吧，菲勒经常到那里喝酒。那天，菲勒喝醉了。当他步履蹒跚地走过几位日本海员身边时，海员们正与酒吧的服务生说起那些令人讨厌的丝绸。说者无心，听者有意，他感到机会来了。

第二天，菲勒来到轮船上，指着停在港口的一辆卡车对船长说："我可以帮你们处理掉那些没用的丝绸。"结果，他没花任何代价便拥有了这些被浸染过的丝绸。然后，他用这些丝绸制成花纹独特的服装。几乎一夜之间，他就拥有了10万美元的财富。

换位思考：

　　菲勒的发迹和致富，在许多人的眼中一直是个谜，你能解开这个谜吗？

成长感悟：

　　有时候，财富就在你身边，只不过需要用你的慧眼去发现它。

天堂的信

有一天，菲勒在郊外看上了一块地。他找到那块地的主人，说他愿花10万美元买下来。这块地的主人拿到10万美元后，心里还在嘲笑他："这样偏僻的地段，只有傻子才会出这么高的价钱！"

令人想不到的是，一年后，市政府宣布在郊外建环城公路。不久，菲勒的地皮升值了150倍。城里的一位富豪找到他，愿意出2000万美元购买他的地皮，想在这里建别墅。但是，菲勒没有卖他的地皮，他笑着告诉富豪："我还想等等，因为我觉得这块地应该增值得更多。"

果然不出菲勒所料，三年后，那块地卖了2500万美元。

他的同行很想知道当初他是如何获得那些信息的，他们甚至怀疑他和市政府的官员有来往。结果令他们很意外，菲勒没有一位在市政府任职的朋友。

菲勒活了77岁，临终前，他让秘书在报纸上发

布了一条消息,说他即将去天堂,愿意给失去亲人的人带口信,每人收费100美元。这一看似荒唐的消息,引起了无数人的好奇心,结果他又赚了10万美元。如果他能在病床上多坚持几天,还会赚得更多。

菲勒的遗嘱也十分特别,他让秘书登了一则广告,说他是一个绅士,愿意和一位有教养的女士同卧一个墓穴。结果,一位贵妇人愿意出资5万美元和他一起长眠。

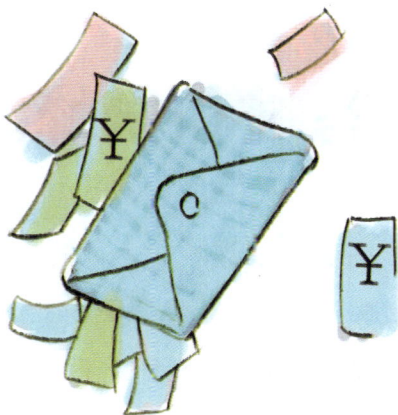

换位思考:

菲勒那独具匠心的遗嘱概括了他不断在平凡中发现奇迹的传奇一生,也许可以帮助不少人解开他的发迹致富之谜。

成长感悟:

意想不到的举动,往往会有许多意想不到的收获!

21

玻璃瓶里的苍蝇和蜜蜂

有一个淘气的小孩子,他对什么都感兴趣,尤其喜欢小昆虫。他经常抓些小昆虫来,让它们陪自己玩耍。

在玩耍中,小淘气抓得最多的要算苍蝇了。也许是苍蝇太笨的缘故,他胖乎乎的小手轻轻一挥,就有一只小苍蝇被俘虏了。如果运气好,有时候他会一下抓到两只或者三只。和其他小朋友一样,小淘气也有很多自己的小宝贝儿——一些色彩各异、奇形怪状的瓶瓶罐罐之类的东西。他总是把他的"俘虏"们装在一个透明的小玻璃瓶里。

被放进玻璃瓶的小苍蝇们总是"嗡嗡嗡"地在里面四下乱飞,不停地乱窜。如果稍不留神,这些看似愚笨的小东西就会飞出去好几只,有时候在小淘气放进新"俘虏"的当儿它们都会跑掉。小淘气常常为此而恼火,寻思着怎样才能让自己的"俘虏"们老老实实地待着。

在昆虫中,小淘气最害怕的要数小蜜蜂了。这些随身携带"毒刺"的小东西们,真是让他又爱又怕,但是这也不能阻止小淘气抓它们。

一天,爸爸给小淘气做

了一个专门捕捉蜜蜂的小笼子。运气不错,他一下就抓到了好几只蜜蜂。小淘气小心地把它们也放进玻璃瓶里,和苍蝇共处一室。他把瓶塞取了,把瓶子瓶口朝下瓶底向上放在窗户上。"俘虏"们就不断向上爬,可是那是瓶底呀,怎么能钻得出去呢?

放学回来,小淘气的第一件事情就是去看自己的"俘虏"。他到窗台一看,呀,不知是谁把他的玻璃瓶打翻了,瓶底倒向了明亮的窗户那边。小淘气以为,这下这些"俘虏"们肯定都逃光了。等他走近一看,奇怪的事情发生了,瓶里的苍蝇一只都没有了,但是蜜蜂们却一只也没有飞掉,它们是贪图瓶里的安静吗?

仔细一看才知道,原来,由于玻璃瓶是瓶口向内瓶底向外倒下的,蜜蜂们正不停地朝着光亮的地方爬去,但是它们不管怎么爬都爬不出玻璃瓶。小淘气为这一发现激动不已,他又把瓶子调换方向。当他把瓶口向着光亮的地方时,蜜蜂一下子全都飞走了!

换位思考:

蜜蜂以为,囚室的出口必然在光线最明亮的地方,它们不停地重复着这种合乎它们逻辑的行动,不停地想在瓶底找到出口,直到精疲力竭而倒毙或饿死。而苍蝇则会不停地乱窜,所以它们很快就找到了瓶口。蜜蜂和苍蝇谁是智者呢?

成长感悟:

有时候,当每个人都遵循规则时,创造力便会窒息。

不许走进的房间

一天，有一家公司的总经理忽然宣布：所有人都不许走进8楼那个没有挂门牌的房间。但是，他根本没解释为什么，公司的人也没有一个人敢擅自走进去。

三个月后，公司又招聘了一些员工，在开会的时候，总经理又把这一禁令强调了一遍。一个新来的年轻人小声嘀咕道："为什么？"

总经理听到了，严肃地说："不为什么！"

这个年轻人百思不得其解。他的同事说："不让进就不进呗，你真是瞎操心！凡事听老总的，总没有错！"

可是那个年轻人太好奇了，他决定到那个房间去看看，那里面到底有什么秘密。于是，有一天，年轻人悄悄地来到8楼那个房间，在那扇门上敲敲，没有人应答。年轻人轻轻推了一下门，发现门竟然是开着的，房间里只有一张桌子，上面放有一张纸，纸上面写着几个大字："请把这个送给总经理。"

年轻人拿起纸送给了总经理。总经理仿佛期待已久，他笑着宣布了一项任命："你被任命为销售部经理助理。"

这个年轻人后来在销售部干得不错，很快就又被提升为销售部经理。过了很久，总经理才对众人说："我当初想提一个人，但是唯唯诺诺的人是做不好销售工作的，只有不被条条框框约束的人，才是富有开拓精神的人。"

换位思考：

　　要是你，你是唯唯诺诺地执行总经理的命令，还是大胆地去看一下，像那个小伙子一样给自己争取机会呢？其实人人都想去看一下，可却都不敢冒险。

成长感悟：

　　有时候，成功和平庸其实就只有一步之遥，它们之间的间隔就是勇气。只要你有勇气向前迈一步，就是一番新天地。

爱迪生巧算灯泡容积

出生于美国俄亥俄州米兰镇的爱迪生，只在学校里读过三个月的书。但爱迪生从小勤奋好学，勤于思考。他一生中有电灯、留声机、电影摄影机等一千多项发明，是举世闻名的电学家和发明家，为人类作出了重大的贡献。因此，爱迪生被人们誉为"发明大王"。

爱迪生还是一位伟大的企业家，1879年，他创办了"爱迪生电力照明公司"。1880年，白炽灯上市销售。1890年，爱迪生组建了"爱迪生通用电气公司"。1891年，爱迪生发明的细灯丝、高真空白炽灯泡获得了专利。

一天，爱迪生把一只灯泡交给他的助手——普林斯顿大学数学系的毕业生阿普顿，并对他说："你帮我算出这个玻璃灯泡的容积。"阿普顿接过灯泡琢磨了好长时间后，用皮尺把灯泡的上下左右量了一阵，然后又在纸上画了好多的草图，写满了各种尺寸，列了许多道算式，可是他算来算去还是没有结果。

爱迪生见他算得满头大汗，无奈地摇了摇头，说："你这样算试试看吧！"说完他就往灯泡里倒水，水满后才把灯泡递给阿普顿："你

把这些水倒进量杯里，看一看它的体积。水的体积不就是灯泡的容积吗？"阿普顿听了顿时恍然大悟，很快就把结果算了出来。

换位思考：

　　面对同样的数学题，为什么阿普顿一筹莫展，而爱迪生用一个简单的方法就让这个难题迎刃而解了呢？学习中你曾遇到过什么难题，你有没有用巧妙的方法轻松解决过这些难题？

成长感悟：

　　我们应把书本知识和实践结合起来，学会创新思维。

创造机会

有三个人，大学毕业后，都进了一家合资企业。他们都非常有才干，满腔抱负，但是都没有得到上司的赏识。

第一个人对自己平平淡淡的生活早就厌倦了，他想："如果有一天能见到老总，有机会展示一下自己的才干就好了！"

但是想归想，他知道这不过是做白日梦而已。他照常上班、下班，每天重复着相同的事情。

第二个人也不甘于这种平淡的生活，也想："要是能见到老总，让他了解自己的才干就好了！"

于是他去打听老总上下班的

时间,算好他大概会在何时进电梯。后来,他每天都在这个时候去乘电梯,希望能遇到老总,有机会可以打个招呼。

终于有一天,他碰到了老总。第一次和老总同处一座电梯内,他难免有点激动,脸都涨红了。他非常有礼貌地跟老总打招呼,老总也对他笑笑。他不失时机地对老总介绍了自己的名字,以及所处的部门。老总还是笑笑,对他说:"小伙子不错,好好干!"顿时,他心花怒放,总算让老总知道自己的名字了。

第三个人则通过各种渠道详细了解老总的奋斗历程,弄清老总毕业的学校和日常关心的问题。他还精心设计了几句简单却有分量的开场白,每天都在算好的时间去乘坐电梯。跟老总打过几次招呼后,终于有一天他跟老总长谈了一次,老总对他的才华非常赏识。不久,他就争取到了更好的职位,他的人生也因此而改变。

换位思考:

才华相当的三个人,都非常有抱负,但是真正抓住机会的却只有第三个人。怎样才能给自己创造机会呢?

成长感悟:

愚者错失机会,智者善抓机会,成功者创造机会。机会只给准备好的人,这"准备"二字,并非想想、说说而已。

彼特的新房子

彼特先生三十岁左右，收入并不高，和太太、孩子一起生活。他们全家都住在一间小公寓里，夫妇俩都非常渴望有一套属于他们自己的新房子。他们希望有较大的活动空间、比较干净的环境。

可是买房子的确很难，必须有钱支付分期付款的首付款才行。有一天，当彼特在签下个月房租支票时，突然很不耐烦，因为房租和新房子每月的分期付款差不多。

彼特跟太太说："下个礼拜我们就去买一套新房子，你看怎么样？"

"你怎么突然想到这个？"她问，"我们哪有这能力！可能连首付都付不了。"

但是彼特已经下定决心："跟我们一样想买一套新房子的夫妇有几十万，其中只有一半能如愿以偿，我们一定要想办法买一套房子。虽然我现在还不知道怎么凑钱，可是一定要想办法。"

第二个星期，他们真的找到了一套两人都喜欢的房子，首付

需1200美元。现在的问题是如何凑够1200美元。他知道无法从银行借到这笔钱，因为这样会妨碍他的信用。

他突然有了一个灵感，为什么不直接找承包商谈谈，向他私人贷款呢？他真的这么做了。承包商刚开始很冷淡，但由于彼特的一再坚持，承包商终于同意了。承包商同意彼特把1200美元的借款按月交还100美元，利息另外计算。

现在彼特要做的是，每个月凑出100美元。夫妇俩想尽办法，一个月可以省下25美元，还有75美元要另外想办法。

这时，彼特又想到另一个点子。第二天早上彼特直接跟老板解释这件事，他的老板也很高兴他要买房子了。

彼特对老板说："为了买房子，我每个月要多赚75美元才行。我知道，当你认为我值得加薪时一定会加，可是我现在很想多赚一点钱。公司的某些事情可能在周末做更好，你能不能答应我在周末加班呢？有没有这个可能呢？"

老板被彼特的诚恳和雄心深深地感动了，真的找出许多事情让他周末工作十个小时。就这样，夫妻二人终于欢欢喜喜地搬进新房子了。

换位思考：

如果你有了强烈的愿望，就要积极地迈出实现它的第一步，千万不要等待或拖延，也不必等到具备所有的条件时才行动。记住：你可以创造一些条件！

成长感悟：

生活中好多事都会使我们感到困惑，但为什么不换个角度去思考呢？何必硬钻牛角尖！多往远处想想，也许走出头顶这片乌云，就会是晴空万里了呢。

第一双红舞鞋

几年前,安东尼·吉娜是大学里艺术团的歌剧演员。在一次校际演讲比赛中,她向人们展示了一个最为璀璨的梦想:大学毕业后,先去欧洲旅游一年,然后去纽约百老汇,通过努力成为一名优秀的演员。

当天下午,吉娜的心理学老师找到她,尖锐地问了一句:"你今天去百老汇和毕业后去有什么差别?"

吉娜仔细一想:"是呀,大学生活并不能帮我争取到百老汇的工作机会。"于是,吉娜决定一年以后就去百老汇闯荡。

这时,老师又冷不丁地问她:"你现在去跟一年以后去有什么不同?"

吉娜冥思苦想了一会儿,她决定下学期就出发。

老师紧追不舍地问:"你下学期去跟今天去有什么不一样?"

吉娜有些眩晕了,想想那个金碧辉煌的舞台和那双在睡梦中萦绕不绝的

红舞鞋……她终于决定下个月就前往百老汇。

老师紧紧逼问："一个月后去跟今天去有什么不同？"

吉娜激动不已，她情不自禁地说："好，给我一个星期的时间准备，我下周就出发。"

老师步步紧逼："所有的生活用品在百老汇都能买到。"

吉娜终于双眼盈泪地说："我明天就去。"

老师赞许地点点头，说："我已经帮你订好明天的机票了。"

第二天，吉娜就飞赴到她最向往的艺术殿堂——美国百老汇。

当时，百老汇的制片人正在酝酿一部经典剧目，几百名各国艺术家前去应征主角。吉娜到了纽约后，费尽周折找到了将要排演的剧本，闭门苦读，悄悄演练。面试开始了，吉娜第48个出场。制片人听到传进自己耳朵里的声音竟然是将要排演的剧目对白，而且面前的这个姑娘感情如此真挚，表演如此惟妙惟肖，他惊呆了。他马上通知工作人员结束面试，主角非吉娜莫属。就这样，吉娜顺利地进入了百老汇，穿上了她人生第一双红舞鞋。

换位思考：

在老师的鼓励下，吉娜及时、勇敢地去追逐自己的梦想。你何时才能穿上人生的第一双"红舞鞋"呢？

成长感悟：

有梦想就去追，不要因为一些客观的因素而拖延半分钟。

老鼠家族的故事

很久很久以前，老鼠们的生活是无忧无虑的，没有谁可以制服它们，所以老鼠家族越来越兴旺。虽然它们个子不高，力气也不大，但是，老鼠家族却发展成为动物王国里最大的一个族系。

可是好日子不长，不久，它们的天敌——猫，来了。这只猫严重地威胁着老鼠们的安全。于是，老鼠家族召开了一个紧急会议，由德高望重的族长主持，共同商量对策。

老族长先让大家自由发言，集思广益，看谁的主意最好，然后再由几个年长的族人投票定夺。

大家主意很多，老鼠们个个都有独到的见解。有的说用诈败的战术将猫引到老鼠夹旁夹死猫。有的说用火攻将猫烧死，一个嘴馋的老

鼠还补充一句："这个主意好，大家还可以吃到美味的烤猫肉。"有的说可以用离间计挑拨猫和主人的关系，让主人来收拾它。最后，一个年轻但是大家都认为是最聪明的老鼠表了态，它说："为了生态平衡，我们不能害死我们的天敌，否则，我们的机能就会退化。最好是趁猫睡觉的时候，在它的脖子上挂上一个铃铛。这样，以后只要听到铃铛的声音，我们就可以赶快逃跑，再也不会被它抓到。"

真是独到的见解呀！老鼠们都为这个聪明老鼠的好主意鼓掌。在热烈的掌声中，族长清了清嗓子，大声宣布会议结束。

换位思考：

那只聪明老鼠的主意听起来很不错，可是直到现在，老鼠们仍然提心吊胆地过日子，这是为什么呢？恐怕没有一只老鼠敢去给猫挂铃铛吧！

成长感悟：

能够在现实中实践的主意才是好主意，能够把主意变成真正解决问题的决策的人才是聪明的人。

骄傲的青年鲸鱼

鲸鱼是海洋中的霸主，它拥有巨大的身躯，强大无比。鲸鱼饿了就去找鱼群，当它接近鱼群时，鱼儿们还不知怎么回事，鲸鱼就把它们连同海水一起含到了嘴里。

一条壮硕的鲸鱼在海洋中悠闲地游着。大大小小的鱼都躲避它，纷纷逃命。它很得意，也很自信。有时，就是它吃饱了，也喜欢追逐鱼群，看它们狼狈逃命的样子。

沙丁鱼是青年鲸鱼爱吃的鱼。青年鲸鱼已严重威胁到了沙丁鱼的生存。沙丁鱼中的一位智者决定除掉这可恨的鲸鱼。可是，沙丁鱼要想杀死鲸鱼，那不是做白日梦吗？但这条沙丁鱼自有它的想法。它组织一群群沙丁鱼向这条青年鲸鱼冲击。

青年鲸鱼感到很可笑，心想："这同送食物有什么两样？"于是，面对纷纷冲上来的沙丁鱼，它不紧不慢地张开大嘴，将它们尽收口中。一天又一天过去了，沙丁鱼总是以失败而告终。每次取得胜利，青年鲸鱼都十分兴奋，它体味着胜利者的喜悦和自豪。

有时，青年鲸鱼想："沙丁鱼这样同自己决战，实在是太愚蠢了。如果要从海洋中选世界上最愚蠢的鱼，那就非沙丁鱼莫属了。"

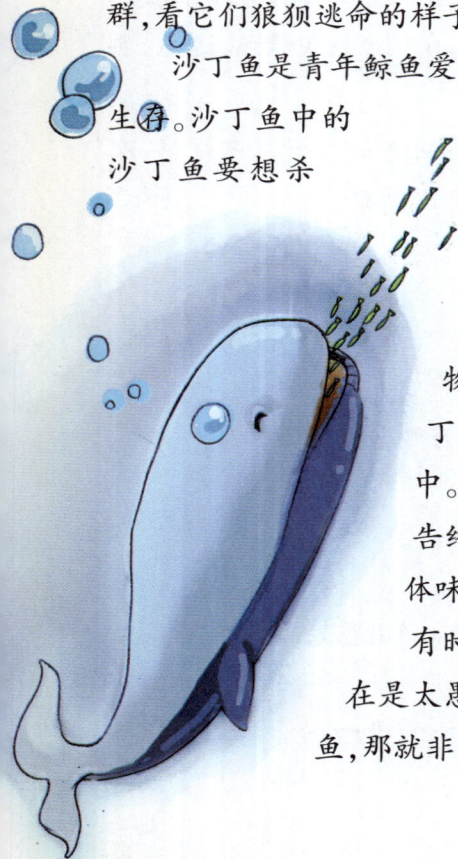

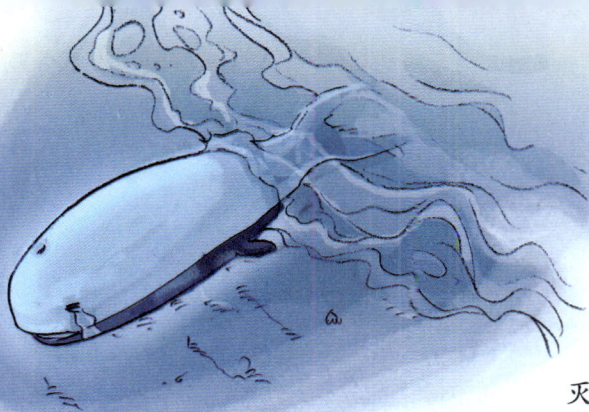

一天，一大批沙丁鱼又向青年鲸鱼发起了挑战。青年鲸鱼一张口就将它们消灭了大半，剩下的一小部分狼狈逃跑了。青年鲸鱼来了兴致，心想："你们哪有我跑得快，一个也别想逃命。"于是，它尾随在后一口一口地吃掉沙丁鱼。沙丁鱼越来越少，但仍然有一些沙丁鱼试图逃脱青年鲸鱼的追杀。青年鲸鱼决定乘胜追击到底，将它们彻底消灭干净。于是，一路追了上去。

青年鲸鱼忘了追出有多远，正当它要张口吞下最后一群沙丁鱼时，忽然发觉自己的肚皮已经触到了浅水滩的沙子，它知道这很危险，可是，由于用力过猛，它此时已经无法控制自己的身体了！只见它巨大的身躯一下子被冲上了沙滩，它想抽身返回，可是已经来不及了。它挣扎着，不久就绝望地死去了。

换位思考：

虽然鲸鱼在深海活动，但我们却看到它死于浅滩。我们不得不说："这是一条死于轻敌的鲸鱼。"你认为呢？

成长感悟：

沙丁鱼虽小，但却用智慧战胜了体格庞大的鲸鱼。看来，只要肯动脑筋，任何看似困难的事情，都可能完成。

互动思考

1. 毛驴、老虎、狐狸，它们到底谁最聪明？

2. 大水牛为什么被一个小小的木桩束缚住了？

3. 菲勒的眼光和别人有什么不同之处？

4. 玻璃瓶倒后，为什么苍蝇们都逃出去了，蜜蜂们却没有逃出去？

5. 安东尼·吉娜是如何穿上她人生中的第一双红舞鞋的呢？

6. 老鼠想出了一个"不错"的主意来防范猫的追捕，可为什么到头来还得提心吊胆地过日子呢？

7. 体格庞大的鲸鱼，怎么却被不起眼的沙丁鱼打败了呢？

你可知道，璀璨夺目的钻石，在未经打磨之前，只不过是一块看起来很普通的石头而已，它现在的光彩完全出自人们别出心裁的打磨。一块不起眼的石头，或许正挡住你前进的道路，可细看之下，它居然是千百年前坠落人间的罕见陨石，只是需要你用独特的眼光去发现！一块阻挡你前行的石头，只要你合理利用，说不定哪天它又变成帮助你走出死胡同的垫脚石了。这，就是创新。创新是一个民族进步的灵魂，是国家兴旺发达的不竭动力。一个民族缺乏独创能力，就难以屹立于世界民族之林。所以我们更要坚持创新，勇于创新！

GO

从设定目标开始

　　比塞尔是西撒哈拉沙漠中的一颗明珠，每年有数以万计的旅游者来到这儿。可是在肯·莱文发现它之前，这里还是一个封闭而落后的地方。这儿的人没有一个走出过大漠，据说不是他们不愿离开这块贫瘠的土地，而是尝试过很多次都没有走出去。

　　肯·莱文当然不相信这种说法。他用手语向这儿的人问其中的缘由，结果每个人的回答都一样：从这儿无论向哪个方向走，最后都还是回到出发的地方。为了证实这种说法，他决定亲身体验，从比塞尔村向北走，结果三天半就走了出来。

　　比塞尔人为什么走不出来呢？肯·莱文非常纳闷。最后他只得雇一个比塞尔人，让他带路，看看到底是为什么。他们带了半个月的水，牵了两匹骆驼。肯·莱文收起指南针等现代设备，只拄一根木棍跟在后面。

十天过去了，他们走了几百公里的路程。第十一天的早晨，他们果然又回到了比塞尔。这一次肯·莱文终于明白了，比塞尔人之所以走不出大漠，是因为他们根本就不认识北斗星。

在一望无际的沙漠里，一个人如果凭着感觉往前走，他会走出许多大小不一的圆圈，最后的足迹十有八九是一把卷尺的形状。比塞尔村处在浩瀚的沙漠中间，方圆上千公里都没有一点参照物，若不认识北斗星又没有指南针，想走出沙漠，确实是不可能的。

肯·莱文在离开比塞尔时，带了一位叫阿古特尔的青年，就是上次和他合作的人。他告诉这位青年，只要你白天休息，夜晚朝着北面那七颗星走，就能走出沙漠。阿古特尔照着去做，三天之后他果然来到了大漠的边缘。阿古特尔因此成为比塞尔的开拓者，他的铜像被竖立在小城的中央。铜像的底座上刻着一行字："新生活是从选定方向开始的。"

换位思考：

"知识就是力量"，更是打开希望之门的钥匙。想想看，假如没有肯·莱文的帮助，比塞尔人能看到外面的世界吗？

成长感悟：

一个人无论他现在年龄多大，他真正的人生之旅，是从设定正确的目标的那一天开始的。以前的日子，只不过是在绕圈子而已。

且慢下手

　　大多数的同仁都很兴奋，因为单位调来一位新主管，据说是个能人，专门被派来整顿业务。可是日子一天天过去，新主管却毫无作为，每天彬彬有礼地走进自己的办公室，躲在里面难得出门，那些本来紧张得要死的"捣蛋鬼"，现在反而更猖獗了。

　　他哪里是个能人嘛！根本是个老好人，比以前的主管更容易应付。

　　四个月过去了，就在大家对新主管感到失望时，新主管却发威了——"捣蛋鬼"一律开除，能人则获得晋升。下手之快，断事之准，与四个月以来表现保守的他，简直判若两人。

　　年终聚餐时，新主管在酒过三巡之后致辞："相信大家对我到任后的种种表现，一定感到不解，现在听我说个故事，各位就明白了。我有位朋友，买了一栋带着大院的房子，他一搬进去，就将那院子全面整顿，杂草、

树木一律清除,改种自己新买的花卉。一天,原先的屋主回访,进门大吃一惊地问:'那最名贵的牡丹哪里去了?'我这位朋友才发现,他竟然把牡丹当草给铲了。后来他又买了一栋房子,虽然院子更杂乱,他却是按兵不动。果然,冬天以为是杂树的植物,春天里开了繁花;春天以为是野草的,夏天里成了锦簇;半年都没有动静的小树,秋天居然叶子红了。直到暮秋,他才真正认清哪些是无用的植物,随后大力铲除,使所有珍贵的草木得以保存。"

说到这儿,新主管举起杯来:"让我敬在座的每一位,因为如果这办公室是个花园,你们就都是其间的珍木,珍木不可能一年到头开花结果,只有经过长期的观察才认得出啊!"

换位思考:

新主管的办法确实不错,让人才脱颖而出。你会是杂草中的珍木吗?

成长感悟:

只要是金子,即使被深埋于泥土地,无论时间有多长,也会发光的。

智者与愚者

有一个贵族,他要出门到远方去。临行前,他把仆人们召集起来,给他们一些银子,吩咐他们按照各自的才干,用这些银子投资,去做一些生意。

一年的时间很快就过去了,这个贵族也回来了。他把仆人们叫到身边,了解他们经商的情况。

第一个仆人说:"主人,您交给我五千两银子,我已用它赚回了五千两。"

贵族听了很高兴,赞赏地说:"好,善良的仆人,你既在赚钱的事上对我很忠诚,又这样有才能,我以后还会有很多事交给你打理,好好努力吧!"

第一个仆人很高兴地说:"谢谢主人,我一定不会让您失望的!"说完就退了下去。

第二个仆人接着说:"主人,您交给我五千两银子,我已用它赚了两千两。"

贵族也很高兴,

赞赏这个仆人说："你做得也不错,今后我也会交给你一些重要的事情让你打理,好好干吧。"

第二个仆人听到以后也非常高兴,和第一个仆人一样,说道："放心吧,主人,我一定会加倍努力的。"说完也退了下去。

第三个仆人也来到三人面前,打开包得整整齐齐的手绢说："尊敬的主人,看哪,您的五千两银子还在这里。在您走的时候,我怕把那些银子弄丢了,所以我一直把它埋在地里,听说您回来,我就把它掘了出来。"

贵族的脸色沉了下来,大怒："你这又恶又懒的仆人,你浪费了我的钱!"

说完他夺回这五千两银子,转身就把这些钱给了那个已有一万两银子的仆人。

换位思考:

第一个和第二个仆人是聪明的,他们懂得运用才能和现有的财富创造更多的财富。第三个仆人看似小心,其实他是愚蠢的,不会动脑筋。这三个仆人中,你最佩服哪一个呢?

成长感悟:

生活中,只有多动脑筋,利用已有的财富,挖掘更多的财富,才能有所成就。如果只会把现有的财富存起来,那么你也只有守着它在原地踏步。

绊脚石与垫脚石

在一个没有星星的夜晚，街道上一片漆黑。一阵急促的脚步声由远而近。夜色朦胧中，一个走夜路的人正低着头匆匆赶路。

天太黑了，路上伸手不见五指，他走得很小心。突然，"啪"的一声，他一不留神碰到了一块石头上，夜行人重重地跌倒了。他爬起来，揉着疼痛的膝盖继续往前走。走了一会儿，他抬头四处张望，由于天黑辨不清路，此时他已经走进了一个死胡同。

夜行人观察了一下自己所处的位置：前面是墙，左面是墙，右面也是墙。他再仔细观察了一下，左右两边的墙都很高，是爬不过去的。但是他前面的墙刚

好比他高一个头，只要他爬过这堵墙，就可以继续往前走了。夜行人拍拍手，决定就从这里翻墙而过，可是他费了很大的力气也攀不上去，只好放弃，气恼地打算从来路返回。

忽然，他灵机一动，想起了刚才绊倒自己的那块石头，为什么不把它搬过来垫在脚底下呢？想到就做，他马上折了回去，费了很大力气，才把那块大石头搬了过来，放在墙根下。

踩着那块石头，夜行人轻轻松松就爬到了墙上，轻轻一跳，就越过了那堵墙。

换位思考：

也许你会说："绊脚石真讨厌，挡住了我前进的道路！"夜行人虽然也被绊脚石绊倒，但他遇到困难后，却很好地利用了绊脚石，讨厌的绊脚石也摇身一变，成了帮助他翻墙的垫脚石。

成长感悟：

人人都应该学会化不利为有利，把绊脚石变成垫脚石。

看谁剩的钱最多

日本松下公司准备从新招的三名员工中选出一位做市场策划,于是对他们进行考核。

公司将他们从东京送往广岛,让他们在那里生活一天,按最低生活标准给他们每人2000日元,最后看他们谁剩的钱多。

剩是不可能的,一罐乌龙茶的价格是300日元,一听可乐的价格是200日元,最便宜的旅馆一夜就需要2000日元……也就是说,他们手里的钱仅仅够在旅馆里住一夜,要么就别睡觉,要么就别吃饭,除非他们在天黑之前让这些钱生出更多的钱来。而且他们必须单独生存,不能合作,更不能打工。

第一个职员非常聪明,他用500日元买了一副墨镜,用剩下的钱买了一把二手吉他,来到广岛最繁华的地段演起了"盲人卖艺"。半天下来,他的琴盒里已经是满满的钞票了。

第二个职员也很聪明,他花500日元做了个大箱子,上面写着:"将核武器赶出地球——纪念广岛灾难40周年暨为加快广岛建设大募捐。"然后,他用剩下的钱雇了两个中学生做现场宣传讲演。还不到中午,他的大募捐箱就装满了钞票。

第三个职员好像是个没有头脑的家伙，或许他太累了，他做的第一件事是找了家小餐馆，要了一杯清酒、一份生鱼和一碗米饭，好好地吃了一顿，一下就消费了1500日元。然后，他钻进一辆废弃的丰田汽车里美美地睡了一觉……

前两个职员的"生意"异常红火，他们都暗自窃喜。谁知傍晚时分，厄运降临到他们头上：一名佩戴胸卡和袖标、腰别手枪的城市稽查人员出现在广场上。稽查人员扔掉了"盲人"的墨镜，撕破了募捐人的箱子并赶走了他雇的学生，没收了他们的钱物，收缴了他们的身份证……

当二人狼狈不堪地返回松下公司时，已经离规定的时间晚了一天。让他们感到意外的是，那个"稽查人员"正在公司恭候着！

是的，他就是那第三个职员，他用150日元做了个袖标和一枚胸卡，花350日元从一个拾垃圾的老人那儿买了一把旧玩具手枪和一副化装用的络腮胡子。当然，还有就是他花1500日元吃了顿饭。

换位思考：

三个职员，采取不同的方式参与竞争。你如何看待他们的行为呢？

成长感悟：

要想超越与你站在同一起跑线上的对手，最好的办法就是开动脑筋，用创造性的举措将对手击败，而不是靠采取不正当的手段去争取胜利。

第一双鞋

很久很久以前，人们是不穿鞋子的。那时候，人类都还是赤着双脚走路。

有一位国王，想去体察民情，于是便微服到一个偏远的乡间旅行。因为道路崎岖不平，有很多碎石头，国王光脚踩在上面，刺得他的脚又痛又麻。

国王深感痛苦，丝毫没有旅途的愉快。国王不禁想："我的子民们每天都在过这种生活吗？可他们还要辛勤地劳作！"于是，国王决定要想办法改善这种情况。

回到王宫后，国王冥思苦想，终于想出了一个自认为很不错的举措。于是，他下了一道命令：要将国内的所有道路都铺上一层牛皮！

国王认为他这样做，不只是为自己，也是为了造福他的子民们，让大家走路时，不再受刺痛之苦。

但是，他却没想过：即使杀尽国内所有的牛，也筹措不到足够的皮革，而所花费的金钱、动用的人力更不知有多少。显然这是一个根本做不到的甚至还相当愚蠢的办法。但因为是国王的命令，大家也只能摇头叹息，不敢违抗。

这时候，有一个聪明的仆人大胆向国王进谏道："国王啊！为什么您要劳师动众牺牲那么多头牛，花费那么多金钱呢？您何不只用两小片牛皮包住您的脚呢？"国王听了当即顿悟了，立刻收回成命，改用仆人的这个建议。

从此以后，人们都用两小片牛皮包住脚，走路的时候，也就减少了很多疼痛的感觉。慢慢地，那两小片牛皮被人们不断改进，就变成了我们今天脚上穿的皮鞋。

换位思考：

现在，鞋已成为人们日常生活中必不可少的装备之一。试想，如果没有聪明的仆人给国王进谏，说不定我们今天还光着脚满大街跑呢！

成长感悟：

想改变别人，很难；要改变自己，则较为容易。与其改变别人，不如先改变自己，如聪明仆人的主意那样"将自己的双脚包起来"，改变自己的某些观念和做法，以适应变化。

我们第二

在强者愈强、弱者愈弱的商场竞争中,人人都要争第一。

美国有一家租车公司,长期以来却以第二自居,赢得了好评。

这家租车公司原本经营不善,由于员工工作态度散漫,交到租车者手中的车子总是肮脏不堪,他们的车常常被讥讽是"逃犯开的车子"。名声到此地步,怎能不面临倒闭呢?

尽管如此,这家租车公司的市场占有率仍较高,位居第二,只是离市场占有率第一名的租车公司有好长一段距离,而居于第三名的租车公司正在奋起直追。

后来,经营之神——奚得先生就职于这家租车公司后,在公司内部采取重罚重赏的方式,一方面要求改善员工服务品质,另一方面找寻广告公司做形象广告。

负责广告策划的创意大师彭巴克先生在两个星期后告诉奚得先

生:"广告就坦白直率地告诉大家——我们在租车业中,排名第二。"

奚得先生深感怀疑:"我们第二,为什么人家还是租我们的车子？"

答案是:"我们更努力。"

奚得先生接受了这则广告,之后公布于众,毫不讳言"我们有差距,但我们更努力"。这样不只对内部员工有所警示,对顾客而言,他们看到了一个努力向上的团体,也看到了它的改变。不久之后,公司业绩急速上升,市场占有率愈来愈接近第一名。

有一段时间,他们自认为市场占有率逼近了第一,便放弃了第二的主张,结果公司的业绩快速下滑。这是为什么呢？因为大家认为他们不想再努力了,这是他们始料未及的事。

延续这则经典广告的金句有:"其实当老二也不错,我们有更多努力的空间。"

换位思考:

从小老师就教育我们要力争第一,这家租车公司为什么要做第二呢？

成长感悟:

在强者愈强、弱者愈弱的商场竞争中,人人要争第一,可是如果有一天,你真的争到了第一,那你还会努力奋斗吗？

积雪风暴

有一年冬天,美国北方格外寒冷,大雪纷飞,电线上积满冰雪,大跨度的电线常被积雪压断,严重影响通信。

许多人试图解决这一问题,但都未能如愿以偿。后来,电信公司经理应用奥斯本发明的头脑风暴法,解决了这一难题。

电信公司经理召开了一次座谈会,参加会议的是不同专业的技术人员,他要求他们必须遵守以下四项基本原则:

第一,自由思考。即要求与会者尽可能解放思想,无拘无束地思考问题并畅所欲言,不必顾虑自己的想法或说法是否"离经叛道"或"荒唐可笑"。

第二,延迟评判。即要求与会者在会上不要对他人的设想评头论足,对设想的评判,留在会后组织专人进行。

第三,以量求质。即鼓励与会者尽可能多而广地提出设想。

第四，结合改善。即鼓励与会者积极进行智力互补。

大家七嘴八舌地议论开来。有人提出设计一种专用的电线清雪机；有人想到用电热来化解冰雪；也有人建议用振荡技术来清除电线上的积雪……最大胆的想法是坐飞机扫雪！大家尽管觉得滑稽可笑，但在会上也无人提出批评。

相反，有一位工程师在听到"坐飞机扫雪"的想法后，大脑突然受到冲击，他马上提出"用直升机扇雪"的新设想。顿时又引起其他与会者的联想，有关用飞机除雪的主意一下子又多了七八条。

会后，公司组织专家对设想进行分类论证。专家们认为设计专用清雪机、采用电热或电磁振荡等方法，在技术上虽然可行，但研制费用大，一时难以见效。那种因"坐飞机扫雪"激发出来的几个设想，倒是一种大胆的新方案，如果可行，将是一种既简单又高效的好办法。经过现场实验，他们发现用直升机扇雪真能奏效，一个久悬未决的难题，终于在头脑风暴会中得到了巧妙的解决。

换位思考：

所谓头脑风暴会，实际是一种智力激励法。在学习中，我们不妨也让自己开个"头脑风暴会"。

成长感悟：

真正有天资的发明家，他们的创造性思维能力远较平常人强。但对于天资平常的人，如果能加以激励，引起思维"共振"，也会产生出不同凡响的新创意或新方案。

水桶的底线

从前，有一个很有名气的武术大师隐居在山林中。

因为他的名声很响，人们都千里迢迢来寻找他，希望能从他那里得到一些武术方面的秘诀。

他们到达深山的时候，发现大师正在山谷里挑水。

他挑得不多，两只水桶里的水都没有装满。

按他们的想象，大师应该能够挑很大的桶，而且应该挑得满满的。

他们不解地问："大师，你这是为什么呢？"

大师说："挑水之道并不在于挑得多，而在于挑得够用。一味贪多，适得其反。"

众人越发不解。

大师从他们中拉了一个人，让他重新从山谷里打了两满桶水。

那人挑得非常吃力，摇摇晃晃，没走几步，就跌倒在地，水全都洒了，那人的膝盖也摔破了。

"水洒了，岂不是还得回头重挑吗？膝盖破了，走路艰难，岂不是比刚才挑得还少吗？"大师这样对众人说。

"那么大师，请问具体挑多少合适，怎么估计呢？"大家又问道。

大师笑道："你们看这个桶。"

众人纷纷看去，只见桶里画了一条线。

大师说："这条线是底线，水绝对不能高于这条线，高于这条线就超过了自己的能力和需要。起初还需要画一条线，挑的次数多了以后就不用看那条线了，凭感觉就知道是多是少。有这条线，可以提醒我们，凡事要尽力而为，也要量力而行。"

众人又问："那么底线应该定多低呢？"

大师说："一般来说，越低越好，因为低的目标容易实现，人不容易有挫败感，会培养自信，长此以往，循序渐进，自然会挑得更多、更稳。"

换位思考：

"长此以往，循序斩进，自然会挑得更多、更稳。"大师没给人们武术秘诀，但他的话多富有哲理呀！他仅仅是在说挑水的问题吗？在日常生活中，你也给自己设置一条底线吧！

成长感悟：

在我们树立自己高远目标的同时，也要画好自己的底线，确定自己一步一步的目标，从自己近期内能完成的目标出发，先努力做好自己能做的，再在自己做好每一件预定事情的基础上提高自己，不断增强自己的能力，循序渐进，稳扎稳打向新的目标迈进！

大的鹅卵石

在一次时间管理课上，教授在桌子上放了一个装水的罐子，然后又从桌子下面拿出一些正好可以从罐口放进罐子里的鹅卵石。当教授把石块放完后问他的学生："你们说这罐子是不是满的？"

"是！"所有的学生都异口同声地回答。"真的吗？"教授笑着问。然后，他从桌底下拿出一袋碎石子，把碎石子从罐口倒下去，摇一摇，再问学生："你们说，这罐子现在是不是满的？"这回他的学生不敢回答得太快。最后班上有位学生怯生生地细声回答道："也许没满。"

"很好！"教授说完后，又从桌下拿出一袋沙子，慢慢地倒进罐子里。倒完后，他再问班上的学生："现在你们再告诉我，这个罐子是满还是没满？"

"没有满。"全班同学不再盲目回答了。"好极了！"教授再一次称赞这些"孺子可教"的学生们。称赞完了后，教授从桌底下拿出一大瓶

水，把水倒在看起来已经被鹅卵石、小碎石、沙子填满了的罐子里。当这些事都做完之后，教授正色问同学们："我们从上面这些事情可以得到什么重要的启发？"

班上一阵沉默，然后一位自以为聪明的学生回答说："无论我们的工作多忙，行程排得多满，如果要逼一下的话，还是可以多做些事的。"这位学生回答完后心中很得意地想："这门课实际上讲的是时间管理啊！"

教授听后，点了点头，微笑道："答案不错，但并不是最重要的。"说到这里，这位教授故意顿住，用眼睛向全班同学扫视了一遍，说："我想告诉各位，最重要的是，如果你不先将大的鹅卵石放进罐子里去，你也许以后永远没机会把它们再放进去了。"

换位思考：

对于工作中大大小小的事情，可以按重要性和紧急性的不同组合确定处理的先后顺序。

成长感悟：

不要在还没有看清事物的本质时就妄下结论。有时候，换一个角度去思考，你就能有更深层次的理解。

燕昭王纳贤

　　战国时期，燕国国君燕昭王一心想招揽人才，而更多的人认为燕昭王仅仅是叶公好龙，不是真的求贤若渴。所以，燕昭王始终寻觅不到治国安邦的英才，整天闷闷不乐。

　　有个叫郭隗的智者，给燕昭王讲述了一个故事，大意是：有一位国君愿意出千两黄金去购买千里马，然而时间过去了三年，始终没有买到，又过去了三个月，好不容易发现了一匹千里马，当他派人带着大量黄金去购买千里马的时候，马已经死了。可被派出去买马的人却用五百两黄金买来一匹死了的千里马。国君生气地说："我要的是活马，

你怎么花这么多钱弄一匹死马来呢？"

买马的人说："您舍得花五百两黄金买死马，更何况活马呢？我们这一举动必然会吸引天下人为您提供活马。"果然，没过几天，就有人送来了三匹千里马。

郭隗又说："您要招揽人才，首先要从招纳我郭隗开始，像我郭隗这种才疏学浅的人都能被国君接纳，那些比我本事更大的人，必然会闻风千里迢迢地赶来。"

燕昭王采纳了郭隗的建议，拜郭隗为师，为他建造了宫殿。果然，没多久就出现了"士争凑燕"的局面。

投奔燕昭王而来的有魏国的军事家乐毅、齐国的阴阳家邹衍、赵国的游说家剧辛等。落后的燕国一下子便人才济济了。

从此以后，一个内忧外患、满目疮痍的弱国逐渐发展成为一个富裕兴旺的强国。

换位思考：

　　燕昭王招贤，唯才是用，国家才得以兴旺。虽然我们不能像燕昭王那样纳贤，但可以多交良师益友，俗话说"三人行必有我师"不就是这个道理吗？

成长感悟：

　　"千军易得，一将难求"，只有做到唯贤是举，唯才是用，广交良师益友，才能在激烈的社会竞争中战无不胜。

如食鸡肋

东汉末年，刘备以及军师诸葛亮率兵攻打汉中。

蜀兵将士英勇善战，越战越勇。汉中守将曹洪、张颌只有招架之功，没有还击之力，继而节节败退。没过多久，就有数关失守了，曹洪看势头不对，自己又抵敌不住，长此以往，他将全军覆没，所以只好求救于曹操。

曹操闻讯大惊，亲率四十万大军至汉中迎战刘备，以解曹洪的燃眉之急。双方在汉水一带屯兵，两军形成对峙局面。可是诸葛亮神机妙算，埋下了伏兵，曹兵又被诸葛亮的伏兵十余路前后夹击，三军锐气堕尽。此时，曹操进兵不能，退兵又怕被人耻笑，非常无奈。

一日，夏侯惇入帐问夜间号令。曹操一眼看见桌上那碗鸡汤，便心有感触地说："鸡肋。"号令传到当时的行军主簿杨修那里，杨修即刻让随行军士收拾行装，准备返程。夏侯惇不解，亲自前往杨修处细问。

杨修对夏侯惇解释了曹操所说的"鸡肋"二字的含义:"鸡肋者,食之无味,弃之可惜。今进不能胜,退惹人笑,在此无益,来日魏王必班师。"夏侯惇听后恍然大悟,说:"先生真知魏王心腹。"

于是,夏侯惇也下令所有军士准备行装,并告诉所有军士来日必班师,为免大家到时惊慌,提前收拾。

曹操得知情况后大怒,以"造谣惑众、扰乱军心"的罪名把杨修杀了。

换位思考:

"杨修之死"千百年来皆为人传诵,杨修无疑是聪明的。无奈之下的曹操口吐"鸡肋"二字,居然就被杨修揣摩透了他的心思。但正是杨修的聪明,却为自己招来杀身之祸。生活中,该"糊涂"时还得"糊涂",你"糊涂"过吗?

成长感悟:

有时即使真聪明,也要有所收敛。有道是:"木秀于林,风必摧之。"

杨六郎的神箭

宋朝时期,杨家将赫赫有名。他们个个英勇善战,赤胆忠心,可以说是一门忠烈。

父亲杨继业死后,杨六郎(杨延昭)子承父业,继续抗辽,后被宋太宗封为"兵马大元帅",统领全军,驻守三关。

有一次,六郎率领兵马,一鼓作气,杀得辽兵落花流水。可是,六郎见军中粮草不多,很担心,怕辽兵来偷袭。六郎思来想去,心生一计。

到了晚上,六郎命令士兵悄悄出动,用沙土堆起了许多小山包,上面用芦席覆盖,远远望去和真的粮草堆没有两样。

辽兵几天来连吃败仗,心中不安,又见六郎一夜之间运来许多粮草,以为六郎要与自己大战一场,当即大惊失色。辽军思虑再三,只好派人与六郎和谈。

辽使来到宋营,见过六郎,表明和谈的诚意,六郎哈哈一笑:"和谈不难,但必须答应我们一个条件:先退兵,后和谈。"

辽使问:"怎么个退法?"

六郎答道:"看你愿意退一马之地,还是一箭之地?"

辽使心想，让一马不知要退多远，不如就让一箭之地，便答道："甘让一箭之地。"

六郎昂首阔步走出营外，大喝一声："拿箭来！"

待士兵们抬来弓箭，辽使一看，吓得目瞪口呆，只见六郎的弓似弯梁，箭如屋椽。

六郎随手抽出一支箭，搭上弦，用力一拉，弓如满月，轻轻一放，"嗖"的一声，那箭离弦而去，消失得无影无踪。六郎神机妙算，暗中早已派人跑马到大青山，把一支箭插进了山中的石缝里。

辽使一路找箭，一直找到大青山才找到这支箭，无奈，辽兵只好退到大青山外。

据传，那支箭现在仍在大青山的石缝里，只能摇晃，不能拔出来呢！

换位思考：

　　杨六郎真是聪明！他在本身粮草不足的情况下，用自己的聪明才智，让辽兵心甘情愿地后退，从而为下一次作战做好了充分的准备，创造了良好的条件。

成长感悟：

　　其实，我们每个人都有一个聪明的头脑，遇到问题的时候，不能急躁畏惧，要沉着冷静，多动脑筋，用机智灵活的方法去应对和解决。在智慧面前，任何困难都会害怕，只要你肯努力，什么问题都能够解决！

扇贝与石油

世界第二大石油公司——"壳牌石油"的标识是一只扇贝。扇贝，是怎么和石油联系起来的呢？

壳牌石油公司的创始人麦卡锡起初只是英国伦敦一个不起眼的进出口代理商。一次，麦卡锡当海员的朋友怀特来看他。怀特在东印度轮船公司服务，经常航行于朝鲜半岛、日本和中国北部沿海一带。当怀特谈性颇浓地讲述起这些地方盛产美味海产品——扇贝时，讲者无意，听者有心，正为开拓业务而发愁的麦卡锡的脑海中烙上了"扇贝"二字。

经过深思熟虑，麦卡锡筹集了一笔资金，并在扇贝低价时大量囤

积,然后伺机抛售。想不到这一招一举成功,为公司的发展掘到了第一桶金。

此后,麦卡锡多次出奇制胜,捕捉到许多别人意想不到的商机,终于积累起巨额资产。公司的继任者"青出于蓝而胜于蓝",在别人害怕风险、裹足不前时当机立断挺进石油业,经数度拼搏,终于创建起全球知名度极高的"壳牌石油公司"。

为了纪念麦卡锡的功绩和励精图治的创业精神,公司决定将"扇贝"作为自己的标识,同时激励员工——"别看轻你身边每一只小小的贝壳,正是它们构筑起了今天的石油王国"。

换位思考:

麦卡锡从一个不起眼的进出口代理商成长为拥有自己"石油王国"的"国王"。你能想象出,是扇贝给了他第一桶金吗?

成长感悟:

不错过任何一个可能,把握机会,让它成为你成功道路上的奠基石!

1. 同一块石头,为什么既是绊脚石,又是垫脚石呢?

2. 肯·莱文三天就能走出来的大漠,比塞尔人为什么就走不出来?

3. 第三个仆人分文不差地把银子挖出来还给了主人,为什么主人反而大怒呢?

4. 看似装满了的罐子,怎么又多装了那么多东西?

5. 六郎真把箭射到了大青山吗?

6. 你能说说"壳牌石油"的标识的来历吗?

第三辑: 心灯不灭

是谁打翻了那盏照亮前途的灯？黑暗中，似乎没有路，几多困惑，几多茫然！摸索中，蓦然发现，前面居然还有微弱的光亮。只要心中那盏灯永不熄灭，即使身处黑暗，那又如何呢？创新是时代进步的要求，是社会发展的需要。人的创造力固然与天赋有一定联系，但读了《看鸽子的梅兰芳》，就算你没有天赋，也不会气馁了。让我们一切从头再来，创造力主要还得靠后天的培养。

GO

从头再来

1914年12月，大发明家爱迪生的实验室在一场意外的大火中化为灰烬。这次大火的损失超过200万美金，但事前却只投了23.8万美金的保险。

那个晚上，爱迪生多少日子的心血在熊熊大火中付之一炬。

大火烧得最猛烈的时候，爱迪生24岁的儿子查里斯在浓烟和废墟中发疯似的寻找他父亲。他最终找到了：爱迪生平静地看着火势，他的脸在摇曳的火光中闪亮，他的白发在寒风中飘动着。

"我真为他难过，"查里斯后来写道，"他都67岁了，可眼下，这一切都付诸东流，但在他脸上却看不到悲伤。他看到我就说：'查里斯，你母亲去哪儿了？去，快去把她找来，这辈子恐怕再也见不着这样的场面了。'"

第二天早上，爱迪生看着一片废墟，说道："灾难自有它的价值，瞧，这不，我们以前所有的谬误、过失都给大火烧了个一干二净。感谢上帝，这下我们又可以从头再来了。"

火灾刚过去三个星期，爱迪生就开始着手推出他的第一部留声机。

换位思考：

　　像爱迪生这样勇于"从头再来"的人，才具备做大事业的胸襟和气魄啊！

成长感悟：

　　人的一生中，将会经历很多次的"失去"。我们往往只懂得为"失去"而惋惜，却忽略了在"失去"的同时，我们也将有新的未来。

因错而得的成功

　　1876年，一位20岁左右的年轻人只身来到芝加哥，他既没有学历，又没有特长，为了生存，只好帮商店卖起了肥皂。随后，他发现发酵粉利润高，立即投入所有的积蓄购进了一批发酵粉。结果，他发现自己犯了一个错误：当地做发酵粉生意的远比卖肥皂的多，自己根本不是他们的对手。

　　眼见着发酵粉若不及时处理，损失巨大，年轻人一咬牙，决定将错就错，索性将口香糖当促销赠品，买一包发酵粉即可获赠两包口香糖。很快，他手中的发酵粉处理一空。

　　年轻人后来又发现，口香糖的发展前景比发酵粉好。他就又集结起所有家当，把宝押在口香糖上了。在营销过程中，他积极听取顾客的意见，配合厂家改良口香糖的包装和口味，后来他感觉这种配合局限

性很大，索性倾其所有，自己办起了口香糖厂。

1883年，他的"箭牌"口香糖面世。但当时，市场上的口香糖已有十多个品种，人们对新品牌接受的速度非常慢，他又陷入了困境。这时，他想出了一个更冒险的招数：搜集全美各地的电话簿，然后按照上面的地址，给每人寄去4块口香糖和一份意见表。

这样做几乎耗光了年轻人的全部家当，同时，也几乎在一夜之间，"箭牌"口香糖迅速风靡全国。1920年，"箭牌"口香糖年销售量已达到90亿块！

这位善于"错中求胜"的年轻人，就是"箭牌"口香糖的创始人威廉·瑞格理。今天，"箭牌"口香糖公司已成为年销售额逾50亿美元的跨国集团。

换位思考：

威廉·瑞格理的错误真是个美丽的错误，不然我们怎么能到处买到"箭牌"口香糖呢？

成长感悟：

"大胆犯错"也不失为成功的奥秘，要知道，机遇有可能在犯错的过程中被发现。

马克·吐温与电话

　　美国大作家马克·吐温年轻时热衷于发明创造。他一生中在各种新产品、新发明上的投资多达50多万美元。但那些项目没一个成功，他的投资都打了水漂。后来，马克·吐温心灰意冷，发誓永远不在"新奇玩意儿"上浪费金钱了。

　　一天，一个年轻人登门拜访这位大文豪。来访者的胳膊底下还夹着一个怪模怪样的东西。原来，年轻人发明了一种新装置，需要资金来推销和大批量生产这种装置。马克·吐温说自己有过无数次投资失败的教训，再不打算冒任何风险了。

　　"我并不指望巨额投资，"年轻人说，"只要500美元，您就可以拥有一大笔股份。"想起自己的誓言，马克·吐温还是摇了摇头。失望的年轻人只好起身告辞。看着他的背影，大作家不由心头一动。"嘿！"马克·吐温在客人身后叫了一声，话一出口，他立刻为自己的不坚定感到羞愧。为了掩饰，他马上改口说："……你刚才说你叫什么名字？"

"贝尔,"年轻人回答,"亚历山大·格雷厄姆·贝尔。"

"再见,贝尔!祝你好运!"马克·吐温关上了房门,心想:"谢天谢地,我总算坚持住了,没向贝尔投资。"

今天我们知道,年轻的贝尔胳膊下夹着的"新奇玩意儿"就是电话,所有给这个新产品投资的人,日后都成了百万富翁。

换位思考:

因为不敢尝试,马克·吐温与机会失之交臂。

成长感悟:

有时候,"坚定"不总会有好结果,"一时冲动"也不总是坏事。

心灯不灭

在法国一个小城镇上，有一个小男孩家里非常贫穷，他13岁时被爸爸送到一个贵夫人家里做小杂工，赚取一点微薄的生活费。

一天深夜，熟睡的小男孩被贵夫人叫醒。贵夫人递给他一件礼服，叫他熨好了挂在衣橱里，说第二天早上急着要穿。这是一件高贵的礼服，贵夫人叮嘱他要小心，不要熨坏了。

可是，小男孩白天工作了一整天，他实在太困了，一不小心将油灯打翻了，灯里的煤油流了出来，洒到了礼服上。这下，礼服不仅有一股难闻的煤油味儿，还被煤油浸了一大团难看的污渍，他怎么洗也洗不

干净。

贵夫人生气极了，对着小男孩大喊大叫，硬要小男孩赔偿自己心爱的礼服。小男孩哪有那么多的钱赔偿呢？无奈，他只好答应帮贵夫人白打一年工，这一年中，小男孩一分工钱都不要。

为了避免再犯相同的错误，小男孩把那件礼服挂在自己的床头作为警示。

一天，小男孩突然发现那件衣服上被煤油浸过的地方不但干净了，而且原有的污渍也清除了。这个发现令他眼前一亮，他开始研究煤油里的成分，仔细分析是什么让衣服上的顽固污渍消失的。通过无数次的反复实验，他又在煤油里添加了其他一些化学原料，最后他终于研制出一种干洗剂。

一年后，小男孩离开了贵夫人的家，自己开了一家干洗店。后来，他的生意越做越大，终于成为世界干洗大王，他就是法国的乔利·贝朗。

换位思考：

小男孩虽然不小心把礼服熨坏了，却从中得到了意想不到的惊喜，这何尝不是一件好事呢？

成长感悟：

对于那些从表面上看糟糕透了的事情，不要把它们想得那么一无是处，要善于从中吸取经验，说不定哪天，坏事也会变成好事的。

总统与书

　　在欧洲一个城市里，有一家书店的书销售不出去，尤其有三种书积压甚多，书店管理层也一筹莫展。没办法，书店的经理只好决定把这些书降价处理。但就算是降价，也不见得会销售得很好。就在书店的经理无奈地决定降价出售之时，有位员工想了一个办法，说可将此书送给总统一本。

　　他们真的想办法给总统送去了一本书。过了几天，书店便派人去问总统读书后的感受。总统因为忙于公务根本无暇看书，只得礼节性地说了一句"此书不错"。书店如获至宝，马上打出"总统最喜欢看的书"的广告。人们都非常好奇：连总统都喜欢看的书，那一定是好书了！很快，这些书便出售一空。

　　不久，这家书店又如法炮制，把第二

本书送给了总统。总统得知上次被人利用了，有点生气，这次他便没好气地说："此书糟透啦！"书店于是打出了"总统说此书糟糕透了"的广告。人们还是非常好奇，总统说糟糕透了的书到底是什么书呢？于是人们纷纷抢购，都要看一看"总统最讨厌的书"究竟是怎样的。

当书店将第三本滞销书拿到总统面前时，总统非常气恼，这次他一言不发了。书店又打出了"总统懒得看一眼的书"的标语。人们还是纷纷抢购，都要看一下总统不屑一顾的书究竟是怎样的。

至此，书店多年积压的书全部都变成了钞票。

换位思考：

一个巧妙的营销手段把积压的降价书变成畅销书。你会不会用小聪明帮自己摆脱困境呢？

成长感悟：

在很多时候，成功与失败之间只有一步之遥甚至一纸之隔，只是这"一步"或"一纸"不一定在你的正前方，它可能在你的左边或右边，还有可能在你的身后，说不定转机就在你转念的那一刹那。

"奇才"李嘉诚

李嘉诚曾经在一家塑胶公司从事销售工作。

李嘉诚把推销当成一项事业对待,而不仅仅是为了赚钱。他很关注塑胶制品的国际市场变化,他把香港划分成许多区域,他知道哪种产品该到哪个区域销售,销量应该是多少。

全公司的人都在谈论推销奇才李嘉诚,说他"后生可畏"。

18岁的李嘉诚被提拔为部门经理,统管产品销售。两年后,他又晋升为总经理,全盘负责日常事务。

他已熟稔推销工作,可也深知生产及管理是他的薄弱处。因而虽身为总经理,他却把自己当学工。

他总是蹲在工作现场,身着工装,同工人一道干,极少坐在总经理办公室。

每道工序他都要亲自尝试,兴趣盎

然，一点也不觉苦和累。

有一次，李嘉诚站在操作台上割塑胶裤带，不慎把手指割破了，鲜血直流。他没有吭声，迅速缠上胶布，又继续操作。许多年后，一位记者向李嘉诚提及这事，说："你的经验，是以血的代价换得的。"李嘉诚微笑道："不能这么说，那都是我愿做的事，只要你愿做某件事情，就不会在乎其他的。"

李嘉诚在塑胶公司干得非常成功，他才二十出头，就做出了令人羡慕的业绩。

按理说李嘉诚应该心满意足了。然而，在他的人生字典中没有"满足"二字。功成名就、地位显赫的他，却选择再一次跳槽，以自己的聪明才智，开始新的人生搏击。

换位思考：

在李嘉诚的人生字典中，就没有"满足"二字，在我们看来他已经很成功了，但是他却又要开始新的搏击，他是不是有点"傻"呢？

成长感悟：

看似艰难的新路途，才是真正能磨砺人的路。

"羽翼已丰"的李嘉诚

　　老板自然舍不得李嘉诚离去,再三挽留。曾有个相士,拉住李嘉诚看相,说他"天庭饱满,日后非贵即富,必会光宗耀祖,名震香江"。此事在公司传为佳话,老板不信相术,但笃信李嘉诚具备与众不同的良好素质,他不论做什么事,都会是最出色的。李嘉诚表面看来谦虚沉稳,实则雄心勃勃,他未来一定能成就一番大事业。

　　虽然老板挽留不住李嘉诚,但他并未指责李嘉诚"羽毛丰满,不记栽培器重之恩"。老板约李嘉诚到酒楼,

设宴为他饯行,令李嘉诚十分感动。

席间,李嘉诚说了一句老实话:"我离开你的塑胶公司,是打算自己也办一家塑胶厂。我难免会使用在你手下学到的技术,也会开发一些同样的产品。现在塑胶厂遍地开花,我不这样做,别人也会这样做。不过,我绝不会把客户带走,用你的销售网推销我的产品,我会另外开辟销售线路。"

李嘉诚怀着愧疚之情离开公司。他不得不走这一步。这是他人生中一次重大转折,从此他迈上了充满艰辛与希望的创业之路。

换位思考:

李嘉诚在羽翼已丰时,选择了一条艰辛的创业之路。前路虽然是不可预料的,但他义无反顾。

成长感悟:

有了自己的梦想,哪怕再艰难都要勇敢地去追,那样触到梦想的希望总比无所作为大。

达·芬奇

这天，是小男孩上学的第一天。在课堂上，老师说："我们来学画画。"小男孩心想："哇！太好了，我喜欢画画。"

他兴奋地拿出蜡笔，径自画了起来。

但是老师说："等等，我们先来学画花。"

小男孩心里挺高兴。他开始用粉红色、橙色、蓝色的蜡笔勾勒出他自己的花朵。

但老师又打断大家："等等，我来教你们怎么画。"

于是，她在黑板上画了花瓣是红色的、茎是绿色的小花。"看这里，你们可以开始学着画了。"

小男孩看着老师画的花，又看看自己画的，他还是更喜欢自己画的花儿。

有一天，老师说："今天，我们用黏土来做东西。"

男孩心想："好棒！"他喜欢玩黏土。他会用黏土做很多东西：蛇、雪人、大象、老鼠、汽车、货车……

老师说："现在，我们来做个盘子。"

没多久孩子们做出了各式各样的盘子。

但老师说："等等，我要教你们怎么做。"她做了一个深底的盘子。

小男孩看着老师做的盘子，又看看自己的。他更喜欢自己的，但他只能再照着老师的做。

很快,小男孩学会等着、看着,仿效老师,做相同的事。

渐渐地,他不再创造自己的东西了。

一天,小男孩全家人要搬到其他城市,而他就只得转学到其他学校。

这所学校更大。在他第一天上课时,老师说:"今天,我们来画画。"男孩想:"真好!"他等着老师教他怎么做,但老师什么也没说,只是沿着教室走。

老师来到小男孩身边,问:"你不想画吗?""想啊!可今天我们要画什么呢?"

"我不知道,让你们自由发挥。"老师回答。

"可以用任何颜色吗?"

老师对他说:"当然可以,如果每个人都画相同的图案,用一样的颜色,我怎么分辨是谁画的呢?"

于是,小男孩开始尽情发挥自己的创造力,用粉红色、橙色、蓝色画出自己的小花。这个小男孩就是达·芬奇。

换位思考:

小时候的达·芬奇在老师死板的教育下差点失去了创造力。而现在,你的老师一定很注重培养你的创造力吧?你是不是更应该大胆地发挥自己的想象呢?

成长感悟:

画家如果拿旁人的作品做自己的标准或典范,他画出来的画就没有什么价值;如果努力从自然事物中学习,他就能取得更大的成就。

笛福和《鲁宾孙漂流记》

英国小说家丹尼尔·笛福是英国启蒙时期现实主义小说的奠基人，被誉为"小说之父"。

笛福1660年出生在英国伦敦一个商人家庭。由于家庭的影响，他20岁时已经成为一个商人了。

笛福一心想在商业界有所成就。他做过烟酒生意，做过内衣制作中间商，也开办过工厂。正处在原始积累阶段的英国资本主义，也曾一度给他带来了不少好处：马车、住房和舒适的生活。但他信奉的是新教。他反对英国国教的统治和压迫，并出版讽刺政府的小册子。1702年，笛福被捕入狱。后来，他又被捕过几次，也都是因为他从事政治活动。

笛福似乎很不幸,幸运之神总是不愿意降临到他身上。他一生勤奋地经商,在生意上,他付出的努力超乎常人的想象,但最终的结果却总令人失望。他始终没能实现他成为一个大商人的理想。他的一生是在不断入狱和破产中度过的。

到60岁的时候,笛福经商仍然没有什么大起色。更为不幸的是,这年,他在一次经商途中发生了意外。他乘坐的船失事了,他漂泊到一座渺无人烟的荒岛上,差点丧命。

这次意外使笛福心力交瘁,他无意再经商了。为了打发时间,他便将失事时在荒岛上度过的那一段日子的生活写成了一本书。不料,这本为打发时间而写的书出版后,却得到了广大读者的喜爱,在出版界引起了轰动。

这本书的名字就是《鲁宾孙漂流记》。一生都在商场上跌跌撞撞的笛福终于在晚年名利双收。

换位思考:

　　笛福的人生理想是什么?想想为什么他总是事与愿违?到老来为什么他又意外地名利双收?你会朝着一个始终如一的目标不断地努力吗?

成长感悟:

　　人们常说坚持就是胜利。但一成不变的努力,并不一定就能获得最终的成功。恰恰是那些识大局,善于随事物变化而不断改变,懂得创新的人更能够获得理想中的成就。

皮尔·卡丹

　　皮尔·卡丹这个名字，大家都不会陌生吧？在商场、专卖店，到处都有其身影。在我们的生活中，皮尔·卡丹总是与漂亮的时装联系在一起的。

你是否知道，这个在时装界鼎鼎有名的皮尔·卡丹，最初经营的却是剧院！

经营剧院时，尽管皮尔·卡丹雄心勃勃、煞费苦心，可是他却始终不能得心应手。

然而，老天总是眷顾那些善于发现的人。皮尔·卡丹在经营剧院时，一次，一个服装师放了很多舞台服装在剧院。出于好奇，他顺手打开一些服装看了起来，他发现很多服装如果稍加修改或者装饰，会更完美。于是他把自己的建议告诉了服装师，服装师试着按照他的想法设计修改了几套。出人意料的是，这些服装得到了观众极其热情的反响。这次无意之举，让他意外地发现自己竟然对舞台服饰有独特的审美能力。

当剧院倒闭后，他没有像一些人预料的那样消沉，而是利用自己在设计舞台服饰方面的天赋，毅然转型。功夫不负有心人，经过不懈的努力，他终于成为世界上一流的服装设计大师。

换位思考：

　　皮尔·卡丹虽然竭力经营剧院，却失败了。但他并没有灰心丧气，而是在挫折中发掘出自己新的潜能，并努力去完善，去追求。

成长感悟：

　　"柳暗花明又一村"，也许这就是针对皮尔·卡丹这样敢于面对失败，勇于积极创新的人说的。在绝境中换一个新的思维，说不定有条新的道路正等待着你。

李维斯卖水

"牛仔大王"李维斯在西部曾有这样一段传奇：当年他像许多年轻人一样，带着梦想前往西部追赶淘金热潮。

一天，一条大河挡住了他西去的路。苦等数日，被阻隔的行人越来越多，但都无法过河。于是，陆续有人向上游、下游绕道而行，也有人打道回府，更多的人则是怨声一片。心情慢慢平静下来的李维斯想起了曾有人传授给他的一个"制胜法宝"，是一段话："太棒了，这样的事情竟然发生在我的身上，又给了我一个成长的机会。凡事必有其因果，必有助于我。"于是，他来到大河边，不断重复着对自己说："太棒了，大河居然挡住我的去路，又给我一次成长的机会，凡事必有其因果，必有助于我。"果然，他真的有了一个绝妙的创业主意——摆渡。人们都争相乘他的渡船过河。就这样，他人生的第一笔财富居然因大河挡道而获得。

一段时间过后，摆渡生意开始清淡。他决定放弃，并继续前往西部淘金。来到西部，四处是人，他找到一块合适的空地方，买了工具便加

入到淘金的队伍当中。没过多久，有几个恶汉围住他，叫他滚开，说他侵犯了他们的地盘。李维斯刚理论几句，那伙人便失去耐心，对他一顿拳打脚踢。无奈之下，他只好离开了。好容易找到另一处合适的地方，没多久，同样的悲剧再次重演，他又被人轰了出来。刚到西部那段时间，他多次被欺侮。终于，在又一次被人轰走之后，看着那些人扬长而去的背影，他又一次想起他的"制胜法宝"："太棒了，这样的事情竟然发生在我的身上，又给了我一次成长的机会，凡事必有其因果，必有助于我。"他真切地、兴奋地反复对自己说着，终于，他又想出了另一个绝妙的主意——卖水。

不久之后，他卖水的生意便红火起来。

换位思考：

在逆境中，李维斯却别出心裁，想到了赚钱的办法。你有李维斯那样的勇气吗？

成长感悟：

不要害怕灾祸，保持激情去创造未来，灾祸往往就成为你迈向成功的转折点。

西部牛仔李维斯

　　看着李维斯卖水的生意十分红火,有人加入到了他的新行业,再后来,卖水的人已越来越多。

　　终于有一天,在他旁边卖水的一个壮汉对他发出通牒:"小个子,以后你别来卖水了,从明天早上开始,这儿卖水的地盘归我了!"李维斯以为那人是在开玩笑,第二天他依旧和往常一样去卖水,没想到那家伙立即走上来,不由分说,便对他一顿暴打,最后还将他的水车也一起拆散。李维斯不得不再次无奈地接受现实。然而,当这家伙扬长而去

时,他却立即调整自己的心态,再次强行让自己兴奋起来,不断对自己说着:"太棒了,这样的事情竟然发生在我的身上,又给我一次成长的机会,凡事的发生必有其因果,必有助于我。"

于是,李维斯开始调整自己的思路。他发现来西部淘金的人,衣服极易磨破,同时又发现西部到处都有废弃的帐篷。他眼前一亮,又有了一个绝妙的好主意。他把那些废弃的帐篷收集起来,洗干净,做成衣服,就这样,他缝成了世界上第一条牛仔裤!

从此,他一发不可收拾,最终成为举世闻名的"牛仔大王"。

换位思考:

"太棒了,这样的事竟发生在我的身上……"如果我们只知道说这句话,那就成了不折不扣的阿Q。但如果我们在说这句话时,也如李维斯那样动脑筋,那你会不会成为另一个"牛仔大王"呢?

成长感悟:

把李维斯的话作为我们走出沮丧的警句,转变面对失败时的心态,换个角度思考、行动,成功的路有可能就在脚下!

看鸽子的梅兰芳

著名京剧家梅兰芳小时候并不是一个很有天赋的孩子。

小时候的梅兰芳眼皮下垂，两眼无神，一点也不灵活，甚至有人说他的眼睛像"死鱼眼"。为此，梅兰芳非常伤心，但是他并不打算放弃学习京剧。可是，学唱京剧的时候，梅兰芳老是唱不好，不是忘了词儿，就是唱错了腔。老师们都不怎么喜欢他。他的第一位启蒙老师一气之下再也不愿教他了。

失去老师后，梅兰芳很受打击。可眼睛是天生的呀，该怎么办呢？为了"治"好自己的眼睛，让双眼充满灵气，他灵机一动，想出了一个别人都不曾尝试过的好办法——每天看天上飞翔的鸽子。

他每天把家里的鸽子放出去，当鸽子在天空飞翔的时候，他就用一根顶端

拴了红绸子的长竹竿,指挥鸽子起飞;如果要鸽子下降,他就把绸子换成绿色的。

鸽子都喜欢相互串飞,如果自家的鸽子训练得不好,很可能让别家的鸽子给拐走。因此,梅兰芳只得把竹竿举得高高的,并不断摇动,给鸽子发出信号,同时还要仰着头,抬着眼,极目注视着高空中的鸽群,要极力分辨出里面有没有混入别家的鸽子。

日积月累地练下来,梅兰芳的眼皮不再下垂了,眼神儿也不呆滞了,注意力更加容易集中了。后来,梅兰芳发奋学戏,创立了"梅派",成为我国一代京剧宗师,名列"四大名旦"之首。

换位思考:

哲学家康德每次思考问题的时候,他的目光总是穿过窗户注视着风车杆尖端。他认为,当眼睛注视某一点时,视野就局限在一个小范围里,闯进视野的东西就少了,注意力就不容易分散。想一想,除了梅兰芳和康德的办法外,你还有什么集中注意力的方法?

成长感悟:

专注是一个人取得成功的必需品质。

日产小汽车

日产小汽车投放到国际市场之初，美国、德国生产的小汽车已在国际市场先后称霸，面对实力雄厚的强大对手，日产小汽车该怎样来突围呢？

善于钻营的日本人经过深入而全面的市场调查，发起了"低价对比销售战术"。

当时，一向自负的美国人根本没把日本人放在眼里，当日本人带着日产小汽车到美国推销时，美国人嘲笑日本人只会模仿别人，不会有什么新花样。日本人并不动怒。他们降低小汽车的价格，以不亏本为准，劝说美国人试着买、试着用。他们相信，不管在多么傲气的国度，讲究实惠的人总是很多的。

当傲气冲天的美国人看到比同类产品便宜大半的日产小汽车时，慢慢开始主动光顾，了解汽车的性能。日本人见占领美国市场的时机已到，一方面以谦虚的口气，耐心地向美国人介绍自己的小汽车，劝说美国人放弃购买自己的产品，少出钱来购买日本货；另一方面，日本人耐心地记录着美国人对汽车的一些要求和建议，然后不断地对日产小汽车的性能进行技术改进，并不失时机地推出一些新款汽车。

几年后，人们发现，日产小汽车比美国生产的汽车价格便宜，但性能、质量并不比美国生产的汽车差，而且越来越多的新品引起了美国消费者的注目。日产小汽车终于赢得了美国人的信任。

目前，日本的丰田牌汽车已能在国际汽车市场同美国的福特牌汽车相抗衡。他们不断地推陈出新，引领着汽车发展的潮流，更吸引了全世界的眼球。

换位思考：

面对强敌，日产小汽车在改变销售策略中不断改进技术，不断进步，最终赢得了市场。想一想，面对学习中的困难，你会怎样改变自己的学习方法和思路呢？

成长感悟：

历史上许多著名的"以弱胜强"的经典战役，都是靠打破常规的思维，合理地运用最适合当前的战术而获胜的。如果不改变价格，日产小汽车可能会面临卖不出去的危险；如果不改进自己的技术，日产小汽车恐怕就不会有今天的成就。

97

互动思考

1. 错就是错，错了就要勇于承担责任，就要及时改正，为什么错还能错出成功来呢？

2. 爱迪生的实验为什么要从头再来？

3. 达·芬奇画画的时候，是喜欢模仿老师的画还是喜欢自己画？

4. 李维斯是靠什么获得了丰厚回报？

5. 看起来似乎没有什么优势的日产小汽车是如何成功占领美国市场的呢？

富翁问正在海边晒太阳的渔翁："你为什么不去工作，赚很多的钱呢？"渔翁反问："要那么多钱干什么？"富翁说："有了钱以后可以去夏威夷晒太阳呀。"渔翁奇怪地问："那你认为我现在在做什么呢？"

创新是一种新观点、新思想，需要把自己的思维从传统的想法中解脱出来。从另一个角度看渔翁，他是幸福的。

GO

开放课堂

上课铃一响,老师来了,但他今天并没有带书,同学们都诧异地望着他。

老师扫视了一下同学们,说:"这是节开放课,希望大家的思想活跃起来,我们来讨论三个问题。"

他问道:"世界上第一高峰是哪里?"大家一听这么小儿科的问题,顿时哄堂大笑,回答说:"珠穆朗玛峰!"老师接着追问:"那第二高峰呢?"这下同学们面面相觑,窃窃私语,却无人应声。老师转过身,在黑板上写下一个等式:屈居第二=默默无闻。

老师顿了顿,说:"好了,下面我来问第二个问题。有个人想烧一

壶开水,可是等他生好了火,却发现柴火可能不够,他该怎么办?"同学们议论纷纷,但意见都趋同于赶快去找柴火,或说去借,或说去买。老师听了,都不置可否。最后,他说:"为什么不把茶壶里的水倒掉一些呢?"同学们一听,都很佩服。

接下来,老师又问第三个问题:"传说我国古代有一个人,想学好一种立身的本领。经过反复比较,他决心去学屠龙之技。于是,他拜名师,日夜苦练,最后顺利学成了。大家说他将来会怎么样?"同学们兴致勃勃,有的说他肯定能成为英雄,有的说他能成为大明星,受世人崇拜。老师摇着头,说:"这个人最终穷苦潦倒了一生,因为世上根本就没有龙。"

这节开放课,经过老师的循循善诱,同学们明白了做人、做事、做学问的道理。那就是:做人要力求出色,勇争第一;做事要敢于创新,千万不可墨守成规;做学问要学以致用,不要闭门造车。

换位思考:

你知道世界第二高峰吗?你也来想一想,除了老师和同学们说的答案,你有什么新点子能将水烧开呢?对于那个日夜苦练屠龙之技的人,你怎么看?

成长感悟:

成功离不开勤奋,但首先方向要正确,屠龙之技等不符合社会所需的本事,纵然再娴熟,也派不上用场。成功更离不开创新的思维,因为只有区别于常人的思维,才能独辟蹊径,勇争第一,像珠穆朗玛峰一样为人们所铭记。

出租车司机的快乐

在美国一个城市，有一位先生搭了一辆出租车。上车后，他发现这辆车不只是外观光鲜亮丽，这位司机也服装整齐，车内的布置十分典雅。车子一启动，司机很热心地问他车内的温度是否合适，还问他要不要听音乐或是收音机。

这位司机告诉他可以自行选择喜欢的音乐频道。乘客选择了爵士音乐，车子在浪漫的音乐声中前行。一会儿，司机在一个红绿灯前停了下来，回过头来告诉乘客，车上有早报及当期的杂志，还有一个小冰箱，冰箱中的果汁及可乐可以自行取用，如果想喝热咖啡，保温瓶内已备好。

他不禁望了一下这位司机，司机愉悦的表情就像车窗外和煦的阳光。片刻，司机对乘客说："前面路段可能会塞车，这个时候高速公路反而不会塞车，我们走高速公路好吗？"

在乘客同意后，这位司机又体贴地说："我是一个无所不聊的人，如果您想聊天，除了政治及宗教外，我

什么都可以聊。如果您想休息或看风景，那我就静静地开车，不打扰您了。"

从一上车到此刻，这位常搭出租车的乘客充满了惊奇，他不禁问道："你是从什么时候开始这种服务方式的？"这位专业的出租车司机说："从我觉醒的那一刻开始。"

接下来司机讲述了那个觉醒的过程。之前他经常抱怨工作辛苦，人生没有意义，但在不经意间，他听到广播节目里正在谈一些人生的态度。

就从那一刻开始，他创造了一种新的生活方式。第一步他把车子内内外外整理干净，再装一部专线电话，印几盒高级名片，他下定决心，要善待每一位乘客。目的地到了，司机下了车，绕到后面帮乘客开车门，然后递上名片，并说："希望下次有机会再为您服务。"结果，这位出租车司机的生意没有受到经济不景气的影响，他很少会空车在这个城市里兜转，他的客人总是会事先预订好他的车。他的改变，不只是创造了更好的收入，而且从工作中得到了快乐。

换位思考：

　　如果你希望拥有大成就，你就必须向出租车司机学习，努力改变观念。你有哪些思考与行为上的习惯是需要改变的呢？

成长感悟：

　　你相信什么，就会得到什么。如果你觉得日子不顺心，那么所有发生的事都会让你觉得倒霉；相反，如果今天你觉得是幸运的一天，那么今天每次所碰到的人，都可能是你的贵人。要想快乐，就要停止抱怨，让自己改变。

闯出一片属于自己的天空

　　20世纪50年代初期，有个叫丹尼尔的年轻人，从美国西部一个偏僻的山村来到纽约。他发誓一定要闯出一片属于自己的天空。然而，对于没有进过大学校门的丹尼尔来说，要想在这座城市里找到一份称心如意的工作，简直比登天还难。就在他心灰意冷之时，他接到一家日用品公司让他前去面试的通知。他兴冲冲地去面试，但是面对主考官有关各种商品的性能和如何使用的提问，他吞吞吐吐，一句话也答不出来。眼看唯一的机会就要消失了，在转身退出主考官办公室的一刹那，丹尼尔有些不甘心地问："请问阁下，你们到底需要什么样的人才？"

　　主考官彼特微笑着告诉他："这很简单，我们需要能把仓库里的商品销售出去的人。"

　　丹尼尔突然有了全新的感悟：不管哪个地方招聘，其实都是在寻找能够帮自己解决实际问题的人。何不主动去寻找那些需要帮助的人？他想，总有一种帮助是他能够提供的。

　　不久，当地一家报纸上登出了一则颇为奇特的启事。文中有这样一段话："如果你或者贵公司遇到难处，如果你需要得到帮助，而且我也正好有能力给予帮助，我一定

竭力提供最优质的
服务……"

让丹尼尔没有
料到的是,这则并不起
眼的启事登出后,他接到
了许多来自不同地区的求
助电话和信件。

丹尼尔这时又有了更有趣的
发现:老约翰为自己的猫咪生下小猫照
顾不过来而发愁,而凯茜却为自己的宝贝女儿吵
着要猫咪找不到卖主而着急;北边的一所小学急需大量鲜奶,而东边
的一处牧场却奶源过剩……诸如此类的事情,一一呈现在他面前。

丹尼尔将这些情况整理分类,一一记录下来,然后毫不保留地告
诉那些需要帮助的人。

丹尼尔灵机一动,注册了自己的信息公司,很快便成为纽约最年
轻的百万富翁之一。

换位思考:

丹尼尔根据对方的用人要求,想出颇有新意的办法:在报纸上刊
登了一则奇特的启事。你觉得他这个创意怎么样?

成长感悟:

成功没有固定的模式。幸运从来不主动光顾你,要靠自己去寻找、
去争取。有时候,给别人帮助的同时,其实也为自己创造了最好的成功
机会。

小牧童的专利

在美国,有一个叫杰福斯的牧童,因为家里很穷,不得不去帮别人放羊补贴家用。

一次他在为牧场老板放羊时,因为太累,躺在草地上睡着了。羊群无人看管,越过了牧场的铁丝护栏,最后窜到邻近的菜园,把菜园糟蹋得一塌糊涂。

菜园的主人找到牧场老板,要求他赔偿自己的损失,牧场老板无奈,只得赔偿了他。

菜园的主人走后,牧场老板气得咆哮如雷,他警告杰福斯说,如果再发生类似事件,他就必须离开。

这件事情过后,杰福斯不管有多累,都不会在牧羊的时候睡觉了。可是,怎样才能一劳永逸地解决羊群过

界的问题呢？杰福斯成天思考这个问题，希望能想出一个好办法，让羊儿们乖乖地待在牧场，自己也可以轻松轻松。

杰福斯通过仔细观察，惊奇地发现，羊儿们从来不敢越过有玫瑰花的地带。原来玫瑰花带刺，羊儿们怕的就是这些刺。杰福斯因而大受启发，他花了五天时间，把牧场的铁丝护栏全部加上带刺的铁丝小钩，做成了世界上第一道铁丝网。

半年以后，在父亲的帮助下，小杰福斯申请的专利获得了批准。不久，带刺的铁丝网很快就风行全世界，而杰福斯也成为一个富翁。

换位思考：

虽然被老板大骂一顿，但善于发现的小杰福斯却因祸得福，做出了世界上第一道铁丝网。当你处于这种情况时，你会积极地想办法吗？

成长感悟：

勇敢面对困难，用创造性的思维去改变现状，成功的路就在脚下！

母婴通话器

美国加州有一位漂亮的女商人叫荷信,虽然她做生意一直都不顺心,但她并不因此而怨天尤人,仍然怀有一颗善良的心。

有一天,她想去看望一位刚刚怀孕的女性朋友,但拿不出什么珍贵的礼物,于是她就决定自己动手做一件。

荷信找来一根养金鱼换水时用的吸水管,并把吸水管的两端分别连接了一个漏斗及一个喷漆工人用的防护口罩,在上面贴上一些漂亮的小卡通画儿,还给它取了一个亲切而又温馨的名字——"母婴通话器",送给了这位怀孕的朋友。

虽然这个礼物简单之极,但她的朋友却非

常喜欢。她的朋友真的用它来和胎儿谈话，逗得大伙儿哈哈大笑，荷信感到了前所未有的满足。

这位有爱心的女商人从中受到了启发，回去后她很快就去咨询了心理学家，并从专家那里得到了理论支持：婴儿在未出世前，如果母亲能利用自言自语的方法与胎儿谈话，将会有助于增强婴儿日后的自信心和孩子出生后的学习能力。于是，荷信在这个市场上看到了商机，就集资办厂，正式制造"母婴通话器"，并为产品申请了专利。

果然，产品上市后，受到了消费者的热烈欢迎，荷信的人生也因此而改变。

换位思考：

多么善良的荷信呀！虽然生意不顺心，她却总是拥有一颗善良而友爱的心。如果她仅仅因拿不出像样的礼物，就不去看望她怀孕的朋友，那么她的人生会有如此的转机吗？

成长感悟：

随时随地，都保持一颗善良而富有创造力的心吧！上天不会辜负既善良又善于思考的人。

两张车票

有两个乡下人，外出打工。他们一个想去上海，一个想去北京。可是在候车厅等车时，又都改变了主意，因为邻座的人议论说：上海人精明，外地人问路都收费；北京人质朴，见了吃不上饭的人，不仅给馒头，还送旧衣服。

去上海的人想，还是北京好，挣不到钱也饿不死，幸亏没上车，不然真掉进了火坑。

去北京的人想，还是上海好，给人带路都能挣钱，还有什么不能挣钱的？幸亏还没上车，不然真失去一次致富的机会。

于是，他们在退票处相遇了。原来要去北京的得到了去上海的票，原来要去上海的得到了去北京的票。

去北京的人发现，北京果然好。他初到北京的一个月，什么都没干，竟然没有饿着。不仅银行大厅里的太空水可以白喝，而且大商场里欢迎品尝的点心也可以白吃。

去上海的人发现，上海果然是一个可以发财的城市，干什么都可以赚钱。带路可以赚钱，弄盆凉水让人洗脸也可以赚钱。只要想点办

K4231 —— 北京。 10:30

法,再花点力气就可以赚钱。

凭着乡下人对泥土的感情和认识,第二天,去上海的人在建筑工地装了10包含有沙子和树叶的土,以"花盆土"的名义,向不见泥土而又爱花的上海人兜售。当天他在城区与郊区间往返6次,净赚了50元钱。一年后,凭借"花盆土"他竟然在大上海拥有了一间小小的门面。

在常年走街串巷的过程中,他又有了一个新的发现:一些商店楼面亮丽而招牌较黑,他一打听才知道是因为清洗公司只负责洗楼不负责洗招牌的结果。他立即抓住这一商机,买了人字梯、水桶和抹布,办起一家小型清洗公司,专门负责擦洗招牌。如今他的公司已有150多名工人,业务也由上海发展到杭州和南京。

前不久,他坐火车去北京考察清洗市场。在北京火车站,一个捡破烂的人把头伸进软卧车厢,向他要一只空啤酒瓶。就在递瓶时,两人都愣住了,因为5年前,他们曾换过一次票。

换位思考:

两个本来站在同一条起跑线上的人,为什么最后竟有如此不同的结局?

成长感悟:

去上海和去北京的两个人的结局不同,表面上看似乎很偶然,好像是城市的不同导致了人生际遇的不同,实际上这一切都是必然的,决定性的因素是各自脑子中的观念与思维方式。

寻宝之路

传说在浩瀚无际的沙漠深处，有一座埋藏着许多宝藏的古城。要想获取宝藏，除了必须穿越整个沙漠，还必须战胜沿途那些危险的机关和陷阱。沙漠里一没有饮水二没有客栈，要穿越它简直比登天还难，更别说战胜那些重重的机关和陷阱了。

许多人都对沙漠古城里埋藏着的这一大批价值连城的财宝心驰神往，但又没有足够的勇气和胆量去征服整个沙漠以及那些危机四伏的陷阱、机关。这批珍贵的财宝，就这样在沙漠古城里埋藏了一年又一年。

终于有一年，一个勇敢的人从爷爷那儿听到了这个诱人的传说以后，决计要去探寻这批财宝。他准备了充足的干粮和饮水，便独自踏上了艰辛而漫长的寻宝之路。

为了能够在回程的时候不至于迷失方向，这个勇敢的寻宝者每走出一段路，便要留下一个非常明显的标记。他试探着在沙漠中走呀走呀，虽然每前进一步都充满了艰险，但他最终还是走出了一大段路来。就在与古城遥遥相望的时候，这个勇敢的人却因为过于兴奋而不小心一脚踏进了满是毒蛇的陷阱，眨眼间，他便被饥饿凶残的毒蛇噬咬成了一具白骨。

过了许多年后，又有一个勇敢的寻

宝人走进了这片荒无人烟的沙漠。当他看到前人留下的那些醒目的标记时，心里便想，这一定是有人走过的，沿着别人指引的道路行进，一定不会有错。他欣喜地沿着前人留下的标记走了一大段路后，发现果然没有任何危险。可就在他放心大胆地往前走时，一不留神，也同样落进了陷阱，成了毒蛇口中的一顿美餐。

又是许多年过去了，又一个勇敢的寻宝人走进了沙漠，他所选择的，同样是前面两人所走的道路。结果，他的命运也是可想而知的。

最后走进沙漠的寻宝人是一位智者，当他看到前人留下的那一个个醒目的标记后，心想："这些标记不一定就那么可靠。前人所指引的路，不一定就是正确并且非常安全的道路。要不然，这些寻宝者为什么都一去不复返呢？"于是，智者凭借自己的智慧，在浩瀚无际、险象环生的沙漠中，重新开辟了一条崭新的道路。他每迈出一步都小心翼翼，扎实平稳。最终，这位智者战胜了重重意想不到的艰难险阻，抵达了埋藏宝藏的古城，取回了价值连城的宝藏。

换位思考：

　　这位智者不仅自己取回了宝藏，重要的是，他同样给我们留下了一笔价值连城的人生"宝藏"：前人留下的路标所指引的方向，不一定就是正确的前进方向。这足以让我们受用一生。

成长感悟：

　　要想挖掘人生的宝藏，就得勇敢去探索，开辟一条属于自己的新路。万不可过于迷信前人，也不可过分迷信既得的经验。

卖画

斯帕克是美国经济大萧条最严重时住在多伦多的一位年轻的艺术家,他全家靠救济过日子,那段时间他急需用钱。斯帕克精于木炭画,他画得虽好,但却因经济萧条而无人问津。他怎样才能发挥自己的潜能呢? 在那种艰苦的日子里,有谁愿意买一个无名小卒的画呢?

斯帕克可以画他的邻居和朋友,但他们也一样身无分文。唯一可能的市场是在有钱人那里,但谁是有钱人呢? 他怎样才能接近他们呢?

斯帕克对此苦苦思索,最后他来到多伦多《环球邮政》报社资料室,从那里借了一本画册,其中有加拿大一家银行的总裁的肖像。斯帕克灵机一动,决定在这上面"做点文章"。回到家里,他开始画起来。

斯帕克画完了像,然后放在相框里。画得不错,对此他很自信。但

怎样才能交给对方呢？

他在商界没有朋友，所以想得到引见是不可能的。他也知道，如果想办法与他约见，肯定会被拒绝。写信要求见他，但这种信可能通不过这位大人物的秘书那一关。

他决定另辟蹊径，采用独特的方法去试一试。

斯帕克梳好头发，穿上自己最好的衣服，来到了总裁办公室。

当斯帕克提出要见总裁的要求时，秘书告诉他："如果没有预约，想见总裁不太可能。"

"真糟糕，"斯帕克说着同时把画的保护纸揭开，"我只是想拿这个给他瞧瞧。"

秘书看了看画，把它接了过去。她犹豫了一会儿后说道："您先坐，我去报告一下。"片刻，秘书回来了。"他想见您。"她说。

当斯帕克进去时，总裁正在欣赏那幅画。"你画得棒极了！"他说，"这张画你想要多少钱？"

斯帕克舒了一口气，他终于凭借自己的富有创造力的推销方式，把画卖了出去。

换位思考：

斯帕克卖画的方式真的很独特，你有没有与他一样的创造力呢？

成长感悟：

特殊情况就得特殊对待，想要成功，你就得多想点特别的办法。

三个旅行者

从前,有三个旅行者。

一天,他们早上出门的时候,其中一个旅行者看看天色,他担心会下雨,于是就带了一把雨伞。另一个旅行者则害怕路不好走,就拿了一根拐杖。第三个旅行者什么也没有拿。

晚上,三个旅行者都归来了。奇怪的是,拿伞的旅行者却淋得浑身是水;拿拐杖的旅行者跌得满身都是伤;第三个旅行者却安然无恙。于是,前面的两个旅行者很纳闷,他们问第三个旅行者:"你怎会没有事呢?"

第三个旅行者没有回答他们的问话,而是问拿伞的旅行者:"你为什么会淋湿而没有摔伤呢?"

拿伞的旅行者说："当大雨来到的时候，我因为有了伞，就大胆地在雨中走，却不知怎么浑身都淋湿了；当我走在泥泞坎坷的路上时，我因为没有拐杖，所以走得非常仔细，专拣平稳的地方走，所以没有摔伤。"

然后，第三个旅行者又问拿拐杖的旅行者："你为什么没有淋湿而摔伤了呢？"

拿拐杖的旅行者说："当大雨来临的时候，我因为没有带雨伞，便找能躲雨的地方走，所以没有淋湿；当我走在泥泞坎坷的路上时，我便用拐杖拄着走，却不知为什么常常跌倒。"

第三个旅行者听后笑笑说："这就是为什么你们拿伞的淋湿了，拿拐杖的跌伤了，而我却安然无恙的原因。当大雨来时我躲着走，当路不好时我细心地走，所以我没有淋湿也没有跌伤。你们的失误就在于你们有凭借的优势，认为有了优势便少了忧患。"

换位思考：

第三个旅行者虽然没有前两位拥有的优势，但他懂得怎样趋利避害。我们不仅要想，如今生活在"福窝窝"里的我们，该怎样全面认识自己的不足？

成长感悟：

如不善于利用，有时候优势也会变成劣势。从现在开始，换一个角度重新审视一下自己的优势吧！

117

不过一碗饭

有两个人生不如意的年轻人，一起去拜望师父。

见到师父，他们都抱怨说："师父，我们在办公室被欺负，太痛苦了。请您给我们一个建议，我们是不是该辞掉工作？"

师父闭着眼睛没说话，隔了很久，才吐出五个字："不过一碗饭。"说完就挥挥手，示意年轻人退下了。

一回到公司，一个人就递上辞呈，回家种田了，而另一个人则留在了公司继续干。

日子过得可真快呀，转眼十年过去了。那个回家种田的人以现代方法经营，加上品种改良，居然成了农业专家。而另一个留在公司的也不差。他忍着气，努力学习，渐渐受到了器重，成了经理。

有一天，两个人在路上又不期而遇了。

"奇怪，师父给我们说的同样是'不过一碗饭'这五个字，当时我一听就懂了。不过就是一碗

饭嘛，日子有什么难过的呢？何必硬待在公司里？所以我回去就辞职了。"农业专家问另一个人："可你当时为何没听师父的话呢？"

"我听了啊！"那经理笑道，"师父说'不过一碗饭'，多受气，多受累，我想不过是为了混碗饭吃，老板说什么是什么，少赌气，少计较，这就行了，难道师父不是这个意思吗？"

于是，两个人又去看望师父，师父已经很老了，他仍然闭着眼睛没说话，隔了半天，才答了五个字："不过一念间。"然后挥挥手……

换位思考：

对于同样一句话，不同的人有着不同的理解，但故事中的两个人都获得了成功。想一想，这其中有什么玄妙？你会怎样理解那句话？

成长感悟：

师父的话虽然让两个徒弟产生了不同的理解，但他们都明白只有改进工作方法，重树人生目标，才能改变当时的处境。果真如此，虽然他们各自走的人生道路不一样，但最终都获得了成功。

把木梳卖给和尚

　　有一家大公司,要招聘一名营销主管,公司给面试者出了这样一道奇怪的试题:请把木梳卖给和尚,越多越好。许多前来应聘的人,看到试题后都望而却步,最后只有三位勇敢的人表示愿意尝试。这时,招聘的负责人说:"十天后,请你们向我汇报结果。"

　　十天很快就过去了,三位应聘者将自己的销售成果一一告知了负责人。

　　第一位应聘者说:"在十天里,我只卖出了一把。"

他显得十分沮丧，并向招聘负责人述说了推销梳子的艰苦。

接着第二位应聘者说："十天里，我卖出了十把。"

"你是怎么卖的？"负责人好奇地问。

"有一次，我去了一座位于高山上的古寺，那里山高风大，把来进香的人的头发都吹乱了。于是我灵机一动，对寺院的住持说：'你看，这里山高风大，香客个个被风吹得蓬头垢面，这样对佛祖十分不敬。最好在香案前放上一把木梳，供香客在礼佛前整理仪容。'住持听完我的话后，欣然买下了十把木梳。"

"原来如此，那么你呢？"负责人又问第三位应聘者，"你卖出了多少把？"

"一千把。"

负责人听完大吃一惊，忙问："你是怎么卖的？"

"我去了一个香火旺盛的深山宝刹，那里的朝圣者和香客简直络绎不绝。见到这样的情形，我便对住持说：'这些前来进香的人，总是怀着一颗虔诚的心，宝刹理应有所表示。我有一批木梳，贵寺可在上面刻上'积善梳'三个字，作为回赠的礼品。'住持听完十分高兴，一口气买下一千把。而那些得到回赠的香客也十分高兴。"

换位思考：

对于同一件事情，换一种角度，换一种思维去思考，会得到不同的结果。如果是你，你会用什么办法推销梳子呢？

成长感悟：

把木梳卖给和尚，听起来真有些匪夷所思。不同的思维方式，能得到不同的结果。开动脑筋，勇于探索未知的领域，才能把"不可能"变为"可能"！

年终奖

马上要过年了,按照惯例,年终奖金最少也得加发两个月工资。因为公司今年的利润大幅下降,算来算去,年终奖金顶多只能加发一个月工资。

这不能怪员工,大家为公司的付出,丝毫不比往年少,甚至可以说,由于人人都意识到经济不景气,干得比以前更卖力。

这也就愈发加重了董事长心头的负担,董事长忧心忡忡地对总经理说:"许多员工都以为最少会加两个月的工资作为奖金,恐怕有些员工飞机票、新家具都订好了!"

总经理也愁眉苦脸了:"发奖金也像给孩子发糖一样,以前每次都抓一大把,现在突然改成两颗,小孩一定会吵。"

"对了!"董事长突然灵机一动,"说到分糖倒使我想起小时候到店里买糖,总喜欢找同一个店员,因为别的店员都先抓一大把放到秤上,再一颗颗往回扣。那个比较可爱的店员,则每次都抓不足重量,然后一颗颗往上加。虽然最后拿到的糖的颗数没有差异,但我就是喜欢后者。"董事长决定按照这个道理来应付一下今年要少发年终奖金的问题。

没过两天,公司内突然传出小道

消息:"由于业绩不佳,公司年底要裁员。"

这样一来,公司上下人心惶惶,最基层的员工想:"一定会从下面裁起。"主管们则想:"我的薪水高,只怕会从我开刀!"

不过,没过多久,总经理就宣布:"公司虽然很艰难,但不会裁员,只是年终奖金不能发了。"

听说不裁员了,人人都放下了心头上的一块大石头,那不用卷铺盖走人的窃喜,早压过了没有年终奖金的失落。

眼看除夕将至,人人都准备今年过个穷年,彼此约好拜年不送礼。突然,董事长召集各部门主管开紧急会议。看主管们匆匆上楼,员工们面面相觑,心里都有点儿担心:"难道又要裁员了?"

没过几分钟,主管们兴冲冲地出来:"好消息!还是有年终奖,整整一个月的工资,马上发下来,让大家过个好年!"

整栋大楼随之爆发出一片欢呼声。

换位思考:

董事长和总经理巧妙地利用员工的心理作用,让麻烦的事情迎刃而解。想一想,你该怎样换一个角度去处理你现在遇到的麻烦问题呢?

成长感悟:

把糖往回扣,或是往上加,到最后都是一样多的糖,但对顾客心理上的影响却大不一样。我们在客观地处理一些事情的同时,还得有效地把握一些其他因素,想出一些出人意料的点子,这样在解决问题上,又多为自己打开了一扇门。

渔夫和巨魔

五百年前，一个神仙把巨魔收到瓶里，并把这个瓶子扔到了海底。

瓶子里的巨魔曾经许过一个愿，谁要是能把这个瓶子捞起来，把瓶塞打开，放他出来，他就送给这个人一座金山。

可是，五百年过去了，还是没有人把这个瓶子捞起来。巨魔非常气恼，他诅咒说："以后，如果谁把我放出来，我就一口把这个人吞掉。"

一天，有一个年轻的渔夫撒网捕鱼，当他收网的时候，发现网里有一个古旧的瓶子，他好奇地把瓶塞打开。啊！一阵浓烈的烟雾喷出来，徐徐吐出一个比山还大的巨魔。"哈哈哈哈！"巨魔的笑声，震得海涛汹涌起来。

巨魔说："年轻人，你把我救出来，我本应谢你，可是，你做得太迟了，倘若你早一年把我救起，

我就会送你一座金山！唉，我等了五百年，我太不耐烦了，我已经许了恶愿，要把救我出来的人一口吃掉！"渔夫吃了一惊，但随即便镇定地说："哟，这么小小的瓶子，怎能把你盛下呀？你一定在说谎，你再回到瓶子里让我看看，如果是真的，我就让你吃！"

"我不会上当的！我如果再钻入瓶子里，你把塞子再塞上，我不就吃不到你了么？""你真是一个博学多才之士呀！你可能还有很多本领吧？在被你吃之前我真的想见识一下，那样我死后也安心了呀！"

巨魔听了得意极了，给他表演了很多凡人不能做到的本领。渔夫说："我太崇拜你了，你真是无所不能呀！可是你巨大的身躯真的能钻进这小小的瓶子？你一定在吹牛！""哈哈哈，你这小子太小瞧我了，我这就让你开开眼界吧！"话一说完，巨魔立即又化作一阵浓烟，徐徐钻进瓶子里。

渔夫不再迟疑，一下子就用瓶塞堵住了瓶口。

换位思考：

无疑，巨魔是凶残而又愚笨的，救他出瓶子的渔夫是勇敢而又聪明的。如果当时你是那个渔夫，你还会想出更好的办法来对付巨魔吗？

成长感悟：

在面临危险的时候，一定要冷静对付，想出对方想不到的办法来化险为夷。

两个挑水的和尚

在两座相邻的山上，各有一座寺庙，有两个和尚分别住在这两座寺庙里。两山之间有一条清澈的小溪，溪水常年"哗啦啦"地流淌着。这两个和尚每天都会在同一时间下山去溪边挑水，久而久之两人便成了好朋友。

过了五年，突然有一天，左边这座山上的和尚没有下山挑水，右边那座山上的和尚心想："他大概睡过头了。"便不以为然。

哪知道第二天，左边这座山上的和尚仍然没有下山挑水，第三天也没来，第四天，第五天……已经过了一个星期了，左边山上的和尚还是没有下山来挑水。直到一个月之后，右边那座山上的和尚终于受不了了，他心想："我的朋友可能生病了，我得过去拜访拜访他，看看能帮上什么忙。"

于是，他便爬上了左边这座山，去探望他的老朋友。

等他到了左边这座山的寺庙

后，却大吃一惊，因为他看到他的老朋友正在庙前打太极拳，一点儿也不像一个月没喝水的人。他很好奇地问："你已经一个月没有下山挑水了，难道你可以不用喝水了吗？"

左边这座山上的和尚说："来来来，我带你去看看。"于是他带着右边那座山上的和尚走到庙的后院，指着一口井说："这五年来，我每天做完功课后都会抽空挖这口井，即使有时很忙也没间断过，能挖多少算多少。如今我终于挖出井水了，所以我就不用再下山挑水了。"

换位思考：

比邻而居的两个和尚，一样天天挑水，可五年后，两个和尚的境遇却大不相同。左边山上的和尚不安于每天挑水的辛苦生活，想出办法，只要有空闲时间就坚持挖井，于是他告别了苦日子。你是要做那个想办法告别挑水生活的和尚呢还是那个继续挑水的和尚？

成长感悟：

不要轻易屈从于现实，勇敢地去创造自己想要的生活吧！

互动思考

1. 在同一个候车厅，受同一句话的影响，为什么两个准备外出打工的乡下人却产生了截然不同的想法呢？

2. 开始连工作都找不到的丹尼尔，后来是如何闯出自己的一片天地的？

3. 杰福斯因为牧羊的时候打瞌睡而闯了祸，却也因祸得福，获得了一项发明专利。在你闯下的祸事中，你也得到过启发吗？

4. 善良的女商人荷信是在什么情况下发明"母婴通话器"的呢？

5. 为什么最后走进沙漠的寻宝人不循着前人留下的标记走，反而没有成为毒蛇的美餐，还取回了价值连城的宝藏呢？

6. 渔夫是用什么方法把法力无边的巨魔收进瓶子里去的呢？